哇哦·这些姑娘好有才

林徽因 等◎著

北京联合出版公司
Beijing United Publishing Co.,Ltd.

图书在版编目（CIP）数据

哇哦！这些姑娘好有才 / 林徽因等著 .—— 北京 : 北京联合出版公司 , 2016.8（2021.4重印）

（极简的阅读）

ISBN 978-7-5502-8092-2

Ⅰ . ①哇… Ⅱ . ①林… Ⅲ . ①散文集—中国—现代②散文集—中国—当代 Ⅳ . ① I266

中国版本图书馆 CIP 数据核字（2016）第148493号

哇哦！这些姑娘好有才

作　　者：林徽因 等
责任编辑：崔保华
特约编辑：黄川川
版权支持：张　婧

北京联合出版公司出版
（北京市西城区德外大街 83 号楼 9 层　100088）
三河市恒升印装有限公司印刷　新华书店经销
字数：144 千字　787mm×1092mm　1/32　印张：7
2016 年 8 月第 1 版　2021 年 4 月第 6 次印刷
ISBN 978-7-5502-8092-2
定价：30.00 元

极简的阅读

时移境迁，浮光掠影

他们的文字，穿越时空，抚慰你我，引领前行

目录

一片阳光

yí piàn yáng guāng

林徽因

　　情绪的驰骋，显然不是诗或画或任何其他艺术建造的完成。

放了假，春初的日子松弛下来。将午未午时候的阳光，澄黄的一片，由窗棂横浸到室内，晶莹地四处射。我有点发怔，习惯地在沉寂中惊讶我的周围。我望着太阳那湛明的体质，像要辨别它那交织绚烂的色泽，追逐它那不着痕迹的流动。看它洁净地映到书桌上时，我感到桌面上平铺着一种恬静，一种精神上的豪兴，情趣上的闲逸；即或所谓"窗明几净",那里默守着神秘的期待,漾开诗的气氛。那种静,在静里似可听到那一处琤琮的泉流,和着仿佛是断续的琴声,低诉着一个幽独者自误的音调。看到这同一片阳光射到地上时,我感到地面上花影浮动,暗香吹拂左右,人随着晌午的光霭花气在变幻,那种动,柔谐婉转有如无声音乐,令人悠然轻快,不自觉地脱落伤愁。至多,在舒扬理智的客观里使我偶一回头,看看过去幼年记忆步履所留的残迹,有点儿惋惜时间;微微怪时间不能保存情绪,保存那一切情绪所曾流连的境界。

倚在软椅上不但奢侈,也许更是一种过失,有闲的过失。但东坡的辩护"懒者常似静,静岂懒者徒",不是没有道理。如果此刻不倚榻上而"静",则方才情绪所兜的小小圈子便无条件地失落了去!人家就不可惜它,自己却实在不能不感到这种亲密的损失的可哀。

就说它是情绪上的小小旅行吧,不走并无不可,不过走走未始不是更好。归根说,我们活在这世上到底最珍惜一些什么?果真珍惜万物之灵的人的活动所产生的种种,所谓人类文化?这人类文化到底又靠一些什么?我们怀疑或许就是人身上那一撮精神同机体的感觉,生理心理所共起的情感,所激发出的一串行为,所聚敛的一点智慧——那么一点点人之所以为人的表现。宇宙万物客观的本无所可珍惜,反映在人性上的山川草木禽兽才开始有了秀丽,有了气质,有了灵犀。反映在人性上的人自己更不用说。没有人的感觉,人的情感,即便有自然,也就没有自然的美,质或神方面更无所谓人的智慧,人的创造,人的一切生活艺术的表现！这样说来，谁该鄙弃自己感觉上的小小旅行？为壮壮自己胆子，我们更该相信惟其人类有这类情绪的驰骋，实际的世间才赓续着产生我们精神所寄托的文物精萃。

此刻我竟可以微微一咳嗽，乃至于用播音的圆润口调说：我们既然无疑的珍惜文化，即尊重盘古到今种种的艺术——无论是抽象的思想的艺术，或是具体的驾驭天然材料另创的非天然形象——则对于艺术所由来的渊源，那点点人的感觉，人的情感智慧（通称人的情绪），又当如何地珍惜才算合理？

但是情绪的驰骋，显然不是诗或画或任何其他艺术建造的完成。这驰骋此刻虽占了自己生活的若干时间，却并不在空间里占任何一个小小位置！这个情形自己需完全明了。此刻它仅是一种无踪迹的流动，并无栖身的形体。它或含有各种或可捉摸的质素，但是好奇地探讨这个质素而具体要表现它的差事，无论其有无意义，除却本人外，别人是无能为力的。我此刻为着一片清婉可喜的阳光，分明自己在对内心交流变化的各种联想发生一种兴趣的注意，换句话说，这好奇与兴趣的注意已是我此刻生活的活动。一种力量又迫着我来把握住这个活动，而设法表现它，这不易抑制的冲动，或即所谓艺术冲动也未可知！只记得冷静的杜工部散散步，看看花，也不免会有"江上被花恼不彻，无处告诉只颠狂"的情绪上一片紊乱！玲珑煦暖的阳光照人面前，那美的感人力量就不减于花，不容我生硬地自己把情绪分划为有闲与实际的两种，而权其轻重，然后再决定取舍。我也只有情绪上的一片紊乱。

情绪的旅行本偶然的事，今天一开头并为着这片春初晌午的阳光，现在也还是为着它。房间内有两种豪侈的光常叫我的心绪紧张如同花开，趁着感觉的微风，深浅零乱于冷智的枝叶中间。一种是烛光，高高的台座，长垂的烛泪，熊熊红焰当帘幕四下时各处光影掩映。那种闪烁明艳，雅有古意，明明是画中景象，却含有更多诗的成分。另一种便是这初春晌午的阳光，到时候有意无意的大片子洒落满室，那些窗棂栏板几案笔砚浴在光霭中，一时全成了静物图案；再有红蕊细枝点缀几处，室内更是轻香浮溢，叫人俯仰全触到一种灵性。

这种说法怕有点会发生误会，我并不说这片阳光射入室内，需要笔砚花香那些儒雅的托衬才能动人，我的意思倒是：室内顶寻常的一些供设，只要一片阳光这样又幽娴又洒脱地落在上面，一切都会带上另一种动人的气息。

这里要说到我最初认识的一片阳光。那年我六岁，记得是刚刚出了水珠以后——水珠即寻常水痘，不过我家乡的话叫它做水珠。当时我很喜欢那美丽的名字，忘却它是一种病，因而也觉到一种神秘的骄傲。只要人过我窗口问问出"水珠"么？我就感到一种荣耀。那个感觉至今还印在脑子里。也为这个缘故，我还记得病中奢侈的愉悦心境。虽然同其他多次的害病一样，那次我仍然是孤独的被囚禁在一间房屋里休养的。那是我们老宅子里最后的一进房子；白粉墙围着小小院子，北面一排三间，当中夹着一个开敞的厅堂。我病在东头娘的卧室里。西头是婶婶的住房。娘同婶永远要在祖母的前院里行使她们女人们的职务的，于是我常是这三间房屋惟一留守的主人。

在那三间屋子里病着，那经验是难堪的。时间过得特别慢，尤其是在日中毫无睡意的时候。起初，我仅集注我的听觉在各种似脚步，又不似脚步的上面。猜想着，等候着，希望着人来。间或听听隔墙各种琐碎的声音，由墙基底下传达出来又消敛了去。过一会儿，我就不耐烦了——不记得是怎样的，我就蹑着鞋，挨着木床走到房门边。房门向着厅堂斜斜地开着一扇，我便扶着门框好奇地向外探望。

那时大概刚是午后两点钟光景，一张刚开过饭的八仙桌，异常寂寞地立在当中。桌下一片由厅口处射进来的阳光，泄泄融融地倒在那里。一个绝对悄寂的周围伴着这一片无声的金色的晶莹，不知为什么，忽使我六岁孩子的心里起了一次极不平常的振荡。

那里并没有几案花香，美术的布置，只是一张极寻常的八仙桌。如果我的记忆没有错，那上面在不多时间以前，是刚陈列过咸鱼、酱菜一类极寻常俭朴的午餐的。小孩子的心却呆了。或许两只眼睛倒张大一点，四处地望，似乎在寻觅一个问题的答案。为什么那片阳光美得那样动人？我记得我爬到房内窗前的桌子上坐着，有意无意地望望窗外，院里粉墙疏影同室内那片金色和煦绝然不同趣味。顺便我翻开手边娘梳妆用的旧式镜箱，又上下摇动那小排状抽屉，同那刻成花篮形的小铜坠子，不时听雀跃过枝清脆的鸟语。心里却仍为那片阳光隐着一片模糊的疑问。

时间经过二十多年，直到今天，又是这样一泄阳光，一片不可捉摸，不可思议，流动的而又恬静的瑰宝，我才明白我那问题是永远没有答案的。事实上仅是如此：一张孤独的桌，一角寂寞的厅堂，一只灵巧的镜箱，或窗外断续的鸟语，和水珠——那美丽小孩子的病名——便凑巧永远同初春静沉的阳光整整复斜斜地成了我回忆中极自然的联想。

nǐ shì rénjiān de sì yuè tiān

你是人间的四月天

林徽因

你是爱,是暖,是希望,

你是人间的四月天!

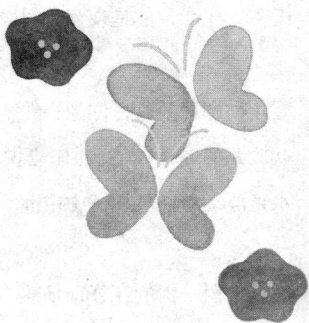

我说你是人间的四月天；
笑响点亮了四面风；轻灵
在春的光艳中交舞着变。

你是四月早天里的云烟，
黄昏吹着风的软，星子在
无意中闪，细雨点洒在花前。

那轻，那娉婷，你是，鲜妍
百花的冠冕你戴着，你是

天真，庄严，你是夜夜的月圆。

雪化后那篇鹅黄，你像；新鲜
初放芽的绿，你是；柔嫩喜悦
水光浮动着你梦期待中白莲。

你是一树一树的花开，是燕
在梁间呢喃，——你是爱，是暖，
是希望，你是人间的四月天！

zhū sī hé méi huā

蛛丝和梅花

林徽因

　　由过去牵到将来，意识的，非意识的，由门框梅花牵出宇宙，浮云沧波踪迹不定。

　　是人性，艺术，还是哲学，你也无暇计较……

真真地就是那么两根蛛丝，由门框边轻轻地牵到一枝梅花上。就是那么两根细丝，迎着太阳光发亮……再多了，那还像样么。一个摩登家庭如何能容蛛网在光天白日里作怪，管它有多美丽，多玄妙，多细致，够你对着它联想到一切自然造物的神工和不可思议处；这两根丝本来就该使人脸红，且在冬天够多特别！可是亮亮的，细细的，倒有点像银，也有点像玻璃制的细丝，委实不算讨厌，尤其是它们那么洒脱风雅，偏偏那样有意无意地斜着搭在梅花的枝梢上。

你向着那丝看，冬天的太阳照满了屋内，窗明几净，每朵含苞的，开透的，半开的梅花在那里挺秀吐香，情绪不禁迷茫缥缈地充溢心胸，在那刹那的时间中振荡。同蛛丝一样的细弱，和不必需，思想开始抛引出去；由过去牵到将来，意识的，非意识的，由门框梅花牵出宇宙，浮云沧波踪迹不定。是人性，艺术，还是哲学，你也无暇计较，你不能制止你情绪的充溢，思想的驰骋，蛛丝梅花竟然是瞬息可以千里！

好比你是蜘蛛，你的周围也有你自织的蛛网，细致地牵引着天地，不怕多少次风雨来吹断它，你不会停止了这生命上基本的活动。此刻"……一枝斜好，幽香不知甚处……"

拿梅花来说吧，一串串丹红的结蕊缀在秀劲的傲骨上，最可爱，最可赏，等半绽将开地错落在老枝上时，你便会心跳！梅花最怕开；开了便没话说。索性残了，沁香拂散同夜里炉火都能成了一种温存的凄清。

记起了，也就是说到梅花，玉兰。初是有个朋友说起初恋时玉兰刚开过，天气每天的暖，住在湖旁，每夜跑到湖边林子里走路，又静坐幽僻石上看隔岸灯火，感到好像仅有如此虔诚地孤对一片泓碧寒星远市，才能把心里情绪抓紧了，放在最可靠最纯净的一撮思想里，始不至亵渎了或是惊着那"寤寐思服"的人儿。那是极年轻的男子初恋的情景——对象渺茫高远，反而近求"自我的"郁结深浅——他问起少女的情绪。

就在这里，忽记起梅花。一枝两枝，老枝细枝，横着，虬着，描着影子，喷着细香；太阳淡淡金色地铺在地板上：四壁琳琅，书架上的书和书签都像在发出言语；墙上小对联记不得是谁的集句；中条是东坡的诗。你敛住气，简直不敢喘息，踮起脚，细小的身形嵌在书房中间，看残照当窗，花影摇曳，你像失落了什么，有点迷惘。又像"怪东风着意相寻"，有点儿没主意！浪漫，极端的浪漫。"飞花满地谁为扫？"你问，情绪风似的吹动，卷过，停留在惜花上面。再回头看看，花依旧嫣然不语。"如此娉婷，谁人解看花意"，你更沉默，几乎热情地感到花的寂寞，开始怜花，把同情统统诗意地交给了花心！

这不是初恋，是未恋，正自觉"解看花意"的时代。情绪的不同，不只是男子和女子有分别，东方和西方也甚有差异。情绪即使根本相同，情绪的象征，情绪所寄托，所栖止的事物却常常不同。水和星子同西方情绪的联系，早就成了习惯。一颗星子在蓝天里闪，一流冷涧倾泄一片幽愁的平静，便激起他们诗情的波涌，心里甜蜜地，热情地便唱着由那些鹅羽的笔锋散下来的"她的眼如同星子在暮天里闪"，或是"明丽如同单独的那颗星，照着晚来的天"，或"多少次了，在一流碧水旁边，忧愁倚下她低垂的脸"。

惜花，解花太东方，亲昵自然，含着人性的细致是东方传统的情绪。

此外年龄还有尺寸，一样是愁，却跃跃似喜，十六岁时的，微风零乱，不颓废，不空虚，踮着理想的脚充满希望，东方和西方却一样。人老了脉脉烟雨，愁吟或牢骚多折损诗的活泼。大家如香山，稼轩，东坡，放翁的白发华发，很少不梗在诗里，至少是令人不快。话说远了，刚说是惜花，东方老少都免不了这嗜好，这倒不论老的雪鬓曳杖，深闺里也就攒眉千度。

最叫人惜的花是海棠一类的"春红"，那样娇嫩明艳，开过了残红满地，太招惹同情和伤感。但在西方即使也有我们同样的花，也还缺乏我们的廊庑庭院。有了"庭院深深深几许"才有一种庭院里特有的情绪。如果李易安的"斜风细雨"底下不是"重门须闭"也就不"萧条"得那样深沉可爱；李后主的"终日谁来"也一样的别有寂寞滋味。看花更须庭院，常常锁在里面认识，不时还得有轩窗栏杆，给你一点凭藉，虽然也用不着十二栏杆倚遍，那么懦弱无聊。

当然旧诗里伤愁太多：一首诗竟像一张美的证券，可以照着市价去兑现！所以庭花，乱红，黄昏，寂寞太滥，时常失却诚实。西洋诗，恋爱总站在前头，或是"忘掉"，或是"记起"，月是为爱，花也是为爱，只使全是真情，也未尝不太腻味。就以两边好的来讲。拿他们的月光同我们的月色比，似乎是月色滋味深长得多。花更不用说了；我们的花"不是预备采下缀成花球，或花冠献给恋人的"，却是一树一树绰约的，个性的，自己立在情人的地位上接受恋歌的。

所以未恋时的对象最自然的是花，不是因为花而起的感慨——十六岁时无所谓感慨——仅是刚说过的自觉解花的情绪。寄托在那清丽无语的上边，你心折它绝韵孤高，你为花动了感情，实说你同花恋爱，也未尝不可——那惊讶狂喜也不减于初恋。还有那凝望，那沉思……

一根蛛丝！记忆也同一根蛛丝，搭在梅花上就由梅花枝上牵引出去，虽未织成密网，这诗意的前后，也就是相隔十几年的情绪的联络。

午后的阳光仍然斜照，庭院阒然，离离疏影，房里窗棂和梅花依然伴和成为图案，两根蛛丝在冬天还可以算为奇迹，你望着它看，真有点像银，也有点像玻璃，偏偏那么斜挂在梅花的枝梢上。

鸽儿的通信（节选）

苏雪林

倘把杂乱的野花，比我平时那些乱梦，昨晚凉台上的梦，我便要将它比做一朵睡莲——银色月光浸着的池塘里的一朵睡莲——夜里的清风，拍着翅儿，轻轻的飞过它的身边，它便微微动摇着，放出阵阵清幽的香气。

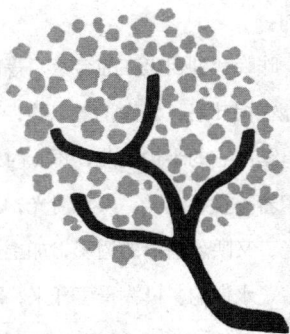

一

亲爱的灵崖:

　　昨天老人转了你的信来,知道你现在已经到了青岛了。这回我虽然因为怕热,不能和你同去旅行,但我的心灵却时刻萦绕在你身边。啊!亲爱的,再过三个星期,我们才得相聚吗?我实在不免有些着急呢。

　　拜祷西风,做人情快些儿临降,好带这炎夏去,送我的人儿回。

　　昨晚我独自坐在凉台上，等候眉儿似的新月上来。但它却老是藏在树叶后，好像怕羞似的，不肯和人相见。有时从树叶的缝里，露出它的半边脸儿，不一时又缩了回去。雨过后，天空里还堆积着一叠叠湿云，映着月光，深碧里透出淡黄的颜色。这淡黄的光，又映着暗绿的树影，加上一层锵锵薄雾，万物的轮廓，像润着了水似的，模糊晕了开来，眼前只见一片融和的光影。

　　到处有月光，天天晚上有我，但这样清新的夜，灵幻的光，更着一缕凄清窈渺的相思，我第一次置身于无可奈何的境界里了。

　　栏杆上的蔷薇——经你采撷过的——都萎谢了。但是新长的牵牛，却殷勤地爬上栏杆来，似乎想代替它的位置，它们龙爪的叶儿，在微风里摇摇摆摆的，像对我说：

　　"主人啊，莫说我们不如蔷薇花的芬芳，明天朝阳未升，露珠已降时，我们将报给你以世间最娇美的微笑。"

　　今晨起来喂小鸡和鸽儿，却被我发现了一件事。我看见白鸽又在那里衔草和细树枝了。它张开有力的翅膀，从屋瓦上飞到地面来，用嘴啄了一根树枝，试一试，似乎不合它的需要，随即抛开了。又啄一枝，不合适，又抛开了。最后在无花果树根之傍，寻到一根又细又长，看去像很柔软的枝儿，这回它满意了。衔着刷的飞起来，到要转弯的地方，停下来顿一顿，一翅飞进屋子，认定了自己的一格笼，飞了上去，很妥帖的将树枝铺在巢里，和站在笼顶上的小乔——它的爱侣——很亲热的无声的谈了几句话，又飞出去继续它的工作。

为了好奇的缘故，我轻轻的走近它们的屋子，拿过一张凳子，垫了脚向笼里张时，呀，有好几位鸽太太在那里坐月子了。

玲珑的黑衣娘小心谨慎的伏在那里，见了人还能保持它那安静的态度。不过当我的手伸进巢去摸它的卵时，它似乎很有些着急，一双箍在鲜红肉圈里的大眼，亮莹莹的对我望着，像在恳求我不要弄碎它的卵。

第四格笼里，孵卵的却是灰瓦。它到底是个男性，脾气刚强，一看见我的头伸到它的笼边，便立刻显出不耐烦的仇视的神气。我的手还没有伸到它的腹下，"咕！"它嗔叱了一声，同时给我很重的一翅膀，虽然不痛，不提防，也被吓了一跳。

再过半个多月，鸽儿的家族，又加兴旺了。亲爱的，你回来时当看见这绿荫庭院，点缀着无数翩翩白影，该高兴吧？

你的寂寞的碧衿

八月二日

二

灵崖：

你现在想已由青岛到了天津，见了你的哥哥和嫂嫂了。过几天也许要到北京去游览。你在长途的旅行中，时刻接触着外界不同的景象，心灵上或者不会感到什么寂寞，然而我在这里，却是怎样的孤零啊！

今晨坐在廊里，手里拿了一本书，想凝聚心神去读，然而不知怎样，总按捺不下那驰骛的神思。我的心这时候像一个小小的氢气球，虽然被一条线儿系住了，但它总是飘飘荡荡的向上浮着，想得个机会，挣断了线，好自由自在的飞向天空里去。

鸽儿吃饱了，都在檐前纷飞着。白鸥仍在那里寻细树枝，忙得一刻也不停，我看了忽然有所感触起来。

你在家时曾将白鸥当了你的象征，把小乔比作我。因为白鸥是只很大的白鸽，而小乔却是带着粉红色的一只小鸽，它们的身量，这样的大小悬殊，配成一对，是有些奇怪的。我还记得当你发见它们匹配成功时，曾异常欣喜地跑来对我说：

"鸽儿也学起主人来了，一个大的和一个小的结了婚。"

从此许多鸽儿之中，这一对特别为我们所注意。后来白鸥和小乔孵了一对小鸽，你便常常向我讨小鸽儿。

"要小鸽儿，先去预备了窠来。"我说，"白鸥替他妻子衔了许多细树枝和草，才有小鸽儿出现呢。"

"是的，我一定替你预备一个精美适意的窠。"你欣然的拉着我的手儿说，就在我的手背上轻轻的吻了一下。

真的，亲爱的灵崖，我们到今还没有一个适当的居处，可以叫做我们自己的窠呢——这个幽蒨的庭院，虽然给我们住了一年，然而哪能永久的住着？哪能听凭我们布置自己所要的样儿？

我们终朝忙碌的预备功课，研究学问，偷一点工夫，便要休息，以便恢复疲劳的精神，总没有提到室家的话。有一次，我们曾谈过这个，亲爱的灵崖，你还依稀记得吗？

一个清美的萧晨——离开我们的新婚不过半月之久——我们由家里走到田陇上，迤逦进了松川，一阵清晓的微风，吹到我们的脸上，使人感到轻微的凉意，同时树梢头飘飘落下几片黄叶，新秋来了。

残蝉抱着枝儿，唱着无力的恋歌，刚辛苦养过孩子的松鼠，有了居家的经验似的，正在采集过冬的食粮，时时无意间从树枝头打下几颗橡子。

树叶由壮健绿色变成深黄，像诗人一样，在秋风里耸着肩儿微吟，感慨自己萧条的身世。但乌桕却欣欣然换上了胭脂似的红衫，预备嫁给秋光，让诗人们欣羡和嫉妒，她们没有心情来管这些了。

我们携着手走进林子，溪水漾着笑涡，似乎欢迎我们的双影。这道溪流，本来温柔得像少女般可爱，但不知何时流入深林，她的身体便被囚禁在重叠的浓翠中间了。

早晨时，她不能向温柔的朝阳微笑，夜深时不能和娟娟的月儿谈心，她的明澈晶莹的眼波，渐渐变成忧郁的深蓝色，时时凄咽着幽伤的调子。她是如此的沉闷啊，在夏天的时候！

几番秋雨之后，溪水涨了几篙，早凋的梧楸，飞尽了翠叶，黄金色的晓霞，从权桠树隙里，泻入溪中，深靛的波面，便泛出彩虹似的光。

现在，水恢复从前的活泼和快乐了。她一面疾忙地向前走着，一面还要和沿途遇见的落叶，枯枝……淘气。

一张小小的红叶儿，听了狡猾的西风劝告，私离母枝跟他出去玩耍，走到半路上，风偷偷地溜走了，他便一跤跌在溪水里。

水是怎样的开心啊，她将那可怜的失路的小红叶儿，推推挤挤的，直推到一个漩涡里，使他滴滴溜溜地打着旋转。那叶儿向前不得，向后不能，急得几乎哭出来。水笑嬉嬉的将手一松，他才一溜烟的逃走了。

水是这样欢喜捉弄人的，但流到坝塘边，她自己的魔难也来了。你记得么，坝下边不是有许多大石头，阻住水的去路？

水初流到石边时，还是不经意地涎着脸，撒娇撒痴地要求石头放行，但石头却像没有耳朵似的，板着冷静的面孔，一点儿不理。于是水开始娇嗔起来了，她拼命向石头冲突过去，意欲夺路而过。冲突激烈时，她的浅碧色衣裳袒开了，露出雪白的胸臂，肺叶收放，呼吸极其急促，发出怒吼的声音来，缕缕银丝头发，四散飞起。

辟辟拍拍，温柔的巴掌，尽打在石头的颊边，她这回不再与石头闹着玩，却真的恼怒了。谁说石头是始终顽固的呢？巴掌来得急了，也不得不低头躲避，于是水得以安然渡过难关了。

水虽然得胜了，然而弄得异常疲倦，曳了浅碧的衣裳去时，我们还听见她断续的喘息声。

我们到这树林中来，总要到这坝塘边参观水石的争执，一坐总是一两个钟头。

"这地方真幽静得可爱"，你常微笑的对我说，"我将来在这里造一所房子，和你隐居一辈子，好么？"

啊，亲爱的灵崖，这话说过后，又忽忽过了一年多了。鸽儿一番番经营它们的窠，我们的窠，到底在哪里？

你的碧衿

八月三日

三

灵崖：

这两天来，天天下午总有个风暴，炎暑减退了许多，我想北京定然更凉爽，你可以畅畅快快的游玩了，近来我有些懊悔，不该不和你同去。

但是，今早在床上时，看见映在窗槛上的朝日，带着一派威胁性的红光，便预料今天的奇热。于是赶紧爬起身，好享受一下那霎时间就要给炎威驱走的清晓凉风。

近中午时，果然热得教人耐不住。园里的树，垂着头喘不过气儿来。麝香花穿了粉霞色的衣裳，想约龙须牡丹跳舞，但见太阳过于强烈，怕灼坏了她的嫩脸，巡逡地折回去了。紫罗兰向来谦和下人，这时候更躲在绿叶底下，连香都不敢香。

憔悴的蜀葵，像年老爱俏的妇人似的，时常在枝头努力开出几朵黯澹的小花。这时候就嘲笑麝香花们："如何？你们娇滴滴的怕日怕风，哪里比得我的老劲！"

鸡冠花忘了自己的粗陋，插嘴道："至于我，连霜都不怕的。"

群花听了鸡冠的话，都不耐烦，但谁也不愿意开口。站在枝头的八哥却来打不平：

"啧！啧！你以为自己好体面吧。像蜀葵妈妈，她还有嘲笑人的资格，因为在艳阳三月里，她曾出过最足的风头。你，什么蠢丫头，也配多话！"

鸡冠受了这顿训斥，羞得连蒂儿都红了。

八哥说过话，也就飞过墙外去，于是园里暂时沉寂，只有红焰焰的太阳依旧照在草、木，和平地上。

正在扇不停挥的当儿，忽然听见敲门的声音，我的心便突突的跳起来，飞也似的跑去开，果然是邮差来了，果然是你的信来了！

以后便是看信和写信的事。你说后天还要给我写一封，我等着就是了。

祝你旅途安好！

碧衿

八月四日

四

亲爱的灵崖：

一早起，就惦记着你今天有信来。

但今天有些古怪，邮差照例是午前来的，差不多十二点钟了，还不见他到。一听见敲门的声音，便叫阿华去开，我走到栏杆边望着。小孩轻捷的身躯，像鸟儿般翩然飞去，我还嫌他慢。但每次开门，进来的不是那缺了牙齿说话不清楚的老公公，便是来拿针线去替人缝穷的厨子老婆，哪里有绿衣人的影子！

等着，等着，太阳快要到午时花家里茶会了！

啊，亲爱的，什么是午时花的家呢？我趁这个机会告诉你。这是你去后才有的，你不知道。这是我的记时器呢。

朋友送了我几盆午时花，我便将它们放在东边草场上——盖满了榆树影儿的草场之一角——因为树下有一只水缸，灌浇便利。

午时花是极爱日光的。但早晚时懒惰自私的榆影，伸长他的肢体，将一片绿茵，据为卧榻，懒洋洋躺着，尽花儿们埋怨，只当耳边风——不是的，他早沉沉的睡着，什么都不能惊动他的好梦了。

可是，日午时，太阳驾着六龙的金车，行到天中间，强烈的光辉，向下直泻，榆树影儿闭着的眼，给强光刺着，也给逼醒了。他好像有所畏慑似的，渐渐弯曲了他的长腰，头折到脚，蜷伏做一团。

花儿们这才高兴哩，她们分穿了红黄紫白的各色衣裳，携着手在微风里，轻馨浅笑地等候太阳的光临。

这位穿着光华灿烂金缕衣的贵客，应酬是很忙的，等待他的多着呢——

池塘里的白莲展开粉靥，等他来亲吻。

素雅的翠雀花凝住了浅蓝色的秋波，在清风里盈盈眺盼。

山藟豆性急，爬上架儿，以为可以望得远一点儿。

铃兰挂起了一串银铃，准备贵客一到，便摇铃招集群花宣布开会。

木香和十姊妹早已高高巴在那玲珑得好似疏棂格子的木棚顶上了，还要伸出她们纤纤的碧玉臂，在青天里乱招。好笑，她们比山藟豆还缺乏耐性。

这中间，我觉得葵花的忠心最为可佩。她知道自己比不上群花的娇美轻盈，不敢希冀太阳爱她，但她总伸着长长的颈儿，守着太阳的踪迹——太阳走到哪里，她的颈儿也转到哪里——轻佻的花儿们和太阳亲热不上两三天又和风儿跳舞去了，萧条的秋光里，葵花还是巍然立着，永远守着太阳！

但穿着金缕衣的王子虽有这许多花儿要爱抚，要安慰，无论如何，每天正午时，总要匆匆地到午时花家里打个照面。我的钟表你在家时便都坏了，又懒得拿去修，我就把太阳降临花儿家时刻，代替了钟表。看见牵牛花咧嘴笑时，知道是清晨，榆影儿拱起脊背时，定然是正午，葵花的颈儿转到西，天就快黑了。

但是今天为什么呢？太阳已经由午时花家里宴罢出来了，你的信还没有到。

碧衿

八月六日

五

灵崖——

昨天晚上，我坐在凉台上，做了一个好梦。亲爱的，让我把这个梦详详细细的告诉你。

心思杂乱的人都多梦吧。你常常对我说，平生没有几个梦，因此就每每自己夸为"至人"。但我的梦真多啊，天天晚上梦儿乱云似的在我脑海里涌现。醒来时却一个记不清。好像园里青草地上长着的黄白野花，寂寞的在春风里一阵阵的开了，又寂寞的在春风里一阵阵的萎谢了。

不过，昨晚的梦，却非常清楚，醒时那清美的新鲜的味儿，还萦绕在我心头，经过好久好久。倘把杂乱的野花，比我平时那些乱梦，昨晚凉台上的梦，我便要将它比做一朵睡莲——银色月光浸着的池塘里的一朵睡莲——夜里的清风，拍着翅儿，轻轻的飞过它的身边，它便微微动摇着，放出阵阵清幽的香气。在水光月影中，它的轮廓又是那般的异样清晰。

梦是这样开始的。晚饭后沐浴过了，换上宽博的睡衣，照例到凉台上纳凉。有时和阿华讲讲故事，有时吟吟古人的诗句，但大部分的时间消磨在用我寂寞的心灵和自然对语。

昨晚月色颇佳，虽然还没有十分圆，已经是清光如水。我想起你日间寄来的信，便到屋里取出来，在月光下帔读，读了一遍，又读了一遍，啊！我的心飞到北京去了。

在冷冷幽籁里，我躺在藤椅上，神思渐渐瞢腾起来了。

恍惚间，我和你同在一条石路上走着，夹路都是青葱的树，仿佛枫丹白露离宫的驰道，然而比较荒凉，因为石路不甚整齐，缝里迸出的乱草，又时常碍着我们的脚趾。

路尽处，看见一片荒基，立着几根断折了的大理石柱。斑斑点点，绣满了青苔，显出黝然苍古的颜色。圆柱外都是一丛丛的白杨，都有十几丈高，我们抬头望去，树梢直蘸到如水的碧天。杨树外边还是层层叠叠的树，树干稀处，隐约露出淡蓝碎光，那是树外的天。

没有蝉声，没有鸟声，连潺潺流水的声音，都听不见，这地方幽静极了，然而白杨在寂静的空气里，却萧萧寥寥，发出无边无际的秋声。

荒垣断瓦里，开着一点点凄艳可怜的野花。

同坐在一片云母石断阶上，四面望去，了无人迹，只有浸在空翠中间的你和我。我不觉低吟前人这样两句奇思妙想的诗句：

　　"红心满地宫人草，碧血千年帝子花！"

　　以后梦境便模糊了。圆柱和荒基都不见了。眼前一排排的大树慢慢倒了下去，慢慢平铺了开来，化作一片绿茫茫的大海。风起处，波涛动荡，树梢瑟瑟的秋声，这时候又变为海面沙沙的浪响。

　　这时候我们坐着不是石阶，却躺在波面上了。我们浮拍着，随着海波上下，浑如一对野凫。我们的笑声，掩过了浪花的笑声。

　　海里还有飞鱼呢，蓦然从浪里飞了起来，燕子似的掠过水面丈许，又钻入波心，在虹光海气里，只看见闪闪的银鳞耀眼。

　　忽然一尾鱼，从我身边飞过，擦着我的脸。一惊便醒了，身子依旧躺在藤椅上，才知方才做了一场大梦，手里的信已掉在地上去了。

　　呼呼的正在起风呢。月儿已经不见了。梦里的涛声，却又在树梢澎湃——鬓边像挂着什么似的，伸手摸时，原来是风吹来的一片落叶。

　　夜凉风紧，不能更在凉台上停留了。拾起地上的信，便惘然的走进屋子，收拾睡下了。

　　梦儿真谎啊，我本来不会游泳，怎么在梦里游得那般纯熟？这也不过是因为你信里说要到北戴河作海水浴，惹起来的。真的，灵崖，我也想学游泳呢，什么时候同你到海边练习去。

碧衿

八月十日

哭 摩

陆小曼

摩，你是不是真的忍心永远的抛弃我了么？你从前不是说你我最后的呼吸也须要连在一起才不负你我相爱之情么？

我深信世界上怕没有可以描
写得出我现在心中如何悲痛的一
支笔。不要说我自己这支轻易也
不能动的一支。可是除此我更无
可以泄我满怀伤怨的心的机会了，
我希望摩的灵魂也来帮我一帮。
苍天给我这一霹雳直打得我满身
麻木得连哭都哭不出，混身只是
一阵阵的麻木。几日的昏沉直到
今天才醒过来知道你是真的与我
永别了。摩！慢说是你，就怕是

苍天也不能知道我现在心中是如何的疼痛，如何的悲伤！从前听人说起"心痛"我老笑他们虚伪，我想人的心怎会觉得痛，这不过说说好听而已，谁知道我今天才真的尝著这一阵阵心中绞痛似的味儿了，你知道么？曾记得当初我只要稍有不适即有你声声在旁慰问，咳，如今我即使痛死也再没有你来低声下气的慰问了。摩，你是不是真的忍心永远的抛弃我了么？你从前不是说你我最后的呼吸也须要连在一起才不负你我相爱之情么？你为甚不早些告诉你是要飞去呢？直到如今我还是不信你真的是飞了，我还是在这儿天天盼望著你回来陪我呢，你快点将未了的事情办一下，来同我一同去到云外去优游去吧，你不要一个人在外逍遥，忘记了闺中还有我等著呢？

这不是做梦么，生龙活虎似的你倒先我而去，留著一个病恹恹的我单独与这满是荆棘的前途来奋斗。志摩，这不是太惨了么？我还留恋些甚么？可是回头看看我那苍苍白发的老娘，我不由一阵阵只是心酸，也不敢再羡你的清闲爱你的优游了，我再那有这勇气，去丢她这个垂死的人而与你双双飞进这云天里去围绕著灿烂的明星跳跃，忘却人间有忧愁有痛苦像只没有牵挂的梅花鸟。这类的清福怕我还没有缘去享受！我知道我在尘世间的罪还未满，尚有许多的痛苦与罪孽还等著我去忍受呢。我现在唯一的希望是你倘能在一个深沉的黑夜里，静静凄凄的放轻了脚步走到我枕边给我些无声的私语让我在梦魂中知道你！我的大大是回家来探望你那忘不了你的爱著了，那时间，我决不张皇！你不要慌，没有人会来惊扰我们的。多少你总得让我再见一见你那可爱的脸我才有勇气往下过这寂寞的岁月，你来吧，摩！我在等著你呢。

事到如今我一些也不怨，怨谁好？恨谁好？你我五年的相聚只是幻影，不怪你忍心去，只怪我无福留，我是太薄命了，十年来受尽千般的精神痛苦，万样的心灵摧残，直将我这一颗心打得破碎得不可收拾？到今天才真变了死灰的了也再不会发出怎样的光彩了。好在人生刺激与柔情我也曾尝味，我也曾容忍过了。现在又受到了人生最可怕的死别。不死也不免是朵憔萎的花瓣再见不著阳光晒也不见甘露漫了。从此我再不能知道世间有我的笑声了。

经过了许多的波折与艰难才达到了结合的日子，你我那时快乐直忘记了天有多高地有多厚，也忘记了世界上有忧愁二字，快活的日子过得与飞一般的快，谁知道不久我们又走进愁城。病魔不断的来缠著我，它带著一切的烦恼，许多的痛苦，那时间我身体上受到不可言语的沉痛，你精神上也无端的沉入忧闷，我知道你见我病身吟呻，转侧床第，你心坎里有说不出的怜惜，满肠中有无限的伤感，你虽慰我，我无从使你再有安逸的日子，摩，你为我荒废了你的诗意，失却了你的文兴，受著一般人的笑骂，我也只是在旁默默自恨，再没有法子使你像从前的欢笑。谁知你不顾一切的还是成天安慰我，叫我不要因为生些病就看得前途只是黑暗，有你永远在我身边不要再怕一切无谓闲论。我就听著你静心平气的养，只盼著天可怜我们几年的奋斗，给我们一个安逸的将来，谁知到如今一切都是幻影，我们的梦再也不能实现了，早知有今日何必当初你用尽心血的将我抚养呢？让我前年病死了，不是痛快得多么？你常说天无绝人之路，守著好了，那知天竟绝人如此，那儿还有我可以平坦著走的道儿？这不是命么？还说甚么？摩，不是我到今天还在怨你，你爱我，你不该轻身，我为你坐飞机，吵闹不知几次，你还是忘了我的一切叮咛，瞒著我独自飞上天去了。

完了，完了，从此我再听不见你那叽咕小语了，我心里的悲痛你知道么？我的破碎的心留著等你来补呢，你知道么？唉，你的灵魂也有时归来见我么？那天晚上我在朦胧中见著你往我身边跑，只是一霎眼就不见了，等我跳著，叫著你，再也不见一些模糊的影子了，咳，你叫我从此怎样度此孤单的岁月呢，真是叫天天不应，叫地地不响，苍天因何给我这样残酷的刑罚呢！从此我再不信有天道，有人心，我恨这世界，我恨天，恨地，我一切都恨，我恨他们为什么抢了我的你去，生生的将我们一颗碰在一起的心离了开去，从此叫我无处去摸我那一半热血未乾的心，你看，我这一半还是不断流著鲜红的血，流得满身只成了个血人，这伤痕除了那一半的心回来补，还有甚么法子叫她不滴滴的直流呢？痛死了有谁知道，终有一天流完了血自己就枯萎了。若是有时候你清风一阵的吹回来见著我成天为你滴血的一颗心，不知道又要如何的怜惜何等的张皇呢！我知道你又看直著两个小猫似眼珠儿乱叫乱叫著，看看的了，我希望你叫高声些，让我好听得见，你知道我现在只是一阵阵糊涂，有时人家大声的叫著我，我还是东张西望不知道声音是何处来的呢，大大，若是我正在接近著梦境，你也不要怕扰了我梦魂像平常人的不敢惊动我，你知道我再不会骂你了，就是你扰我从此不睡我也不敢再怨了，因为我只要再能得到你一次的扰，我就可以责问他们因何骗我说你不再回来，让他们看看我的摩还是丢不了我，乖乖的又回来陪伴著我了，这一回我可一定紧紧的搂抱你再不能叫你飞出我的怀抱了。天呀！可怜我，再让你回来一次吧！我没有得罪你，为甚么罚我呢？摩！我这儿叫你呢，我喉咙里叫得直要冒血了，你难道还没有听见么？直叫到铁树开花，枯木发声，我还是忍心著等，你一天不回来，我一天的叫，等著找哪天没有了气我才甘心的丢开这唯一的希望。

你这一走不单是碎了我心，也收了许多朋友不少伤感的痛泪。这一下真使我们感觉到人世的可怕，世道的险恶，没有多少日子竟会将一个最纯白最天真一个不可多见的人收了去，与人世永诀。在你也许到了天堂，在那儿还一样过你的欢乐日子，可是你将我从此就断送了，你从前不是说要我清风似的常在你的左右么？好，现在倒是你先化著一阵清风飞去天边了，我盼你有时也吹回来帮著我做些未了的事情，要是你有耐心的话，最好是等著我将人事办完了同著你一同化风飞去，让朋友们永远只听见我们的风声而不见我们的人影，在黑暗里我们好永远逍遥自由的飞舞。

我真不明白你我在佛经上是怎样一种因果，既有缘相聚又因何中途分散，难道说这也有一定的定数么？记得我在北平的时候，那时还没有认识你我是成天的过著那忍泪假笑的生活，我对人老含著一片至诚纯白的心而结果反遭不少人的讥诮，竟可以说没有一个人能明白我，能看透我。一个人遭著不可言语的痛苦，当然不由的生出厌世之心，所以我一天天的只是藏起了我的真实的心而拿一个虚伪的心来对付这混浊的社会，也不希望再有人来能真真的认识我明白我。甘心愿意从此自相摧残的快快了此残生，谁知道就在那时候遇见了你，真如同在黑暗见著了一线光明，垂死的人又透了一口气，生命从此转了一个方向。摩，你的明白我，真可算是透切极了，你好像是成天钻在我的心房里似的，直到现在还只是你一个人是真还懂得我的。我记得我每遭人辱骂的时候你老是百般的安慰我，使得我不得不对你生出一种不可言喻的感觉，我老说，有你，我还怕谁骂，你也常说，只要我老明白你，你的人是我一个人的，你又为甚么要去顾虑别人的批评呢？所以我哪怕成天受著病魔的缠绕也再也不敢有所怨恨的了。我只是对你满心的歉意，因为我们理想中的生活全被我的病魔来打破，连累著你成天也过那愁闷的日子。可是二年来我从未见你有一些怨恨，也不见你因此对我稍有冷淡之意。也难怪文伯要说，你对我的爱是 complete and true 的了，我只怨我真是无以对你，这，我只好报之于将来了。

我现在不顾一切往著这满布荆棘的道路上去走，去寻一点真实的发展，你不是常怨我跟你几年没有受著一些你的诗意的陶镕么？我也实在是惭愧，真也辜负你一片至诚的心了，我本来一百个放心，以为有你永久在我身边，还怕将来没有一个成功么？谁知现在我只得独自奋斗，再不能得你一些相助了，可是我若能单独撞出一条光明的大路也不负你爱我的心了，愿你的灵魂在冥冥中给我一点勇气，让我在这生命的道上不感受到孤立的恐慌。我现在很决心的答应你从此再不张著眼睛做梦躺在床上乱讲，病魔也得最后与它决斗一下，不是它生便是我倒，我一定做一个你一向希望我所能成的一种人，我决心做人，我决心做一点认真的事业，虽然我头顶只见乌云，地下满是黑影，可是我还记得你常说"受苦的人没有悲观的权力"，一个人决不能让悲观的慢性病侵蚀人的精神，同厌世的恶质染黑人的血液。我此后决不再病（你非暗中保护不可）我只叫我的心从此麻木，再不在问世间有恋情，人们有欢娱，我早打发我心，我的灵魂去追随你的左右，像一朵水莲花拥扶著你往白云深处去缭绕，决不回头偷看尘间的作为，留下了我的躯壳同生命来奋斗，等到战胜的那一天，我盼你带著悠悠的乐声从一团彩云里脚踏莲花瓣来接我同去永久的相守，过吾们理想中的岁月。

一转眼，你已经离开了我一个多月了，在这短时间我也不知道是怎样的过的来的，朋友们跑来安慰我，我也不知道是说甚么好，虽然决心不生病，谁知一直到现在它也没有离开过我一天，摩摩，我虽然下了天大的决心，想与你争一口气，可是叫我怎受得了每天每时悲念你时的一阵阵的心肺的绞痛，到现在有时想哭眼泪乾得流不出一点；要叫，喉中痛得发不出声，虽然他们成天的逼我一碗碗的苦水，也难以补得了我心头的悲痛，怕的是我恹恹的病体再受不了那岁月的摧残，我的爱，你叫我怎么忍受没有你在我身边的孤单。你那幽默的灵魂为甚么这些日也不给我一些声响？

我晚间有时也叫他们走开，房间不让有一点声音，盼你在人静时给我一些声响，叫我知道你的灵魂是常常环绕著我，也好叫我在茫茫前途感觉到一点生趣，不然怕死也难以支持下去了。摩！大大！求你显一显灵吧，你难道忍心真的从此不再同我说一句话了么？不要这样的苛酷了吧！你看，我这孤单的人影从此怎样的去撞这艰难的世界？难道你看了不心痛么？你一向爱我的心还存在么？你为什么不响？大！你真的不响了么？

公寓生活记趣

／张爱玲

公寓是最合理想的逃世的地方。

读到"我欲乘风归去，又恐琼楼玉宇，高处不胜寒"的两句词，公寓房子上层的居民多半要感到毛骨悚然。屋子越高越冷。

　　自从煤贵了之后，热水汀早成了纯粹的装饰品。构成浴室的图案美，热水龙头上的 H 字样自然是不可少的一部分；实际上呢，如果你放冷水而开错了热水龙头，立刻便有一种空洞而凄怆的轰隆轰隆之声从九泉之下发出来，那是公寓里特别复杂，特别多心的热水管系统在那里发脾气了。即使你不去太岁头上动土，那雷神也随时地要显灵。无缘无故，只听见不怀好意的"嗡……"拉长了半晌之后接着"訇訇"两声，活像飞机在顶上盘旋了一会，掷了两枚炸弹。在战时香港吓细了胆子的我，初回上海的时候，每每为之魂飞魄散。若是当初它认真工作的时候，艰辛地将热水运到六层楼上来，便是咕噜两声，也还情有可原。现在可是雷声大，雨点小，难得滴下两滴生锈的黄浆……然而也说不得了，失业的人向来是肝火旺的。

梅雨时节，高房子因为压力过重，地基陷落的原故，门前积水最深。街道上完全干了，我们还得花钱雇黄包车渡过那白茫茫的护城河。雨下得太大的时候，屋子里便闹了水灾。我们轮流抢救，把旧毛巾、麻袋、褥单堵住了窗户缝；障碍物湿濡了，绞干，换上，污水折在脸盆里，脸盆里的水倒在抽水马桶里。忙了两昼夜，手心磨去了一层皮，墙根还是汪着水，糊墙的花纸还是染了斑斑点点的水痕与霉迹子。

风如果不朝这边吹的话，高楼上的雨倒是可爱的。有一天，下了一黄昏的雨，出去的时候忘了关窗户，回来一开门，一房的风声雨味，放眼望出去，是碧蓝的潇潇的夜，远处略有淡灯摇曳，多数的人家还没点灯。

常常觉得不可解，街道上的喧声，六楼上听得分外清楚，仿佛就在耳根底下，正如一个人年纪越高，距离童年渐渐远了，小时的琐屑的回忆反而渐渐亲切明晰起来。

我喜欢听市声。比我较有诗意的人在枕上听松涛，听海啸，我是非得听见电车响才睡得着觉的。在香港山上，只有冬季里，北风彻夜吹着常青树，还有一点电车的韵味。长年住在闹市里的人大约非得出了城之后才知道他离不了一些什么。城里人的思想，背景是条纹布的幔子，淡淡的白条子便是行驰着的电车——平行的，匀净的，声响的河流，汩汩流入下意识里去。

我们的公寓邻近电车厂，可是我始终没弄清楚电车是几点钟回家。"电车回家"这句子仿佛不很合适——大家公认电车为没有灵魂的机械，而"回家"两个字有着无数的情感洋溢的联系。但是你没有看见过电车进厂的特殊情形吧？一辆衔接一辆，像排了队的小孩，嘈杂，叫嚣，愉快地打着哑嗓子的铃："克林，克赖，克赖，克赖！"吵闹之中又带着一点由疲乏而生的驯服，是快上床的孩子，等着母亲来刷洗他们。车里的灯点得雪亮。专做下班的售票员的生意的小贩们曼声兜售着面包。有时候，电车全进了厂了，单剩下一辆，神秘地，像被遗弃了似的，停在街心。从上面望下去，只见它在半夜的月光中袒露着白肚皮。

这里的小贩所卖的吃食没有多少典雅的名色。我们也从来没有缒下篮子去买过东西。（想起《侬本痴情》里的顾兰君了。她用丝袜结了绳子，缚住了纸盒，吊下窗去买汤面。袜子如果不破，也不是丝袜了！在节省物资的现在，这是使人心惊肉跳的奢侈。）也许我们也该试着吊下篮子去。无论如何，听见门口卖臭豆腐干的过来了，便抓起一只碗来，噔噔奔下六层楼梯，跟踪前往。在远远的一条街上访到了臭豆腐干担子的下落，买到了之后，再乘电梯上来，似乎总有点可笑。

我们的开电梯的是个人物，知书达理，有涵养，对于公寓里每一家的起居他都是一本清账。他不赞成他儿子去做电车售票员——嫌那职业不很上等。再热的天，任凭人家将铃揿得震天响，他也得在汗衫背心上加上一件熨得溜平的纺绸小褂，方肯出现。他拒绝替不修边幅的客人开电梯。他的思想也许缙绅气太重，然而他究竟是个有思想的人。可是他离了自己那间小屋，就踏进了电梯的小屋——只怕这一辈子是跑不出这两间小屋了。电梯上升，人字图案的铜栅栏外面，一重重的黑暗往下移，棕色的黑暗，红棕色的黑暗，黑色的黑暗……衬着交替的黑暗，你看见司机人的花白的头。

没事的时候他在后天井烧个小风炉炒菜烙饼吃。他教我们怎样煮红米饭：烧开了，熄了火，停个十分钟再煮，又松，又透，又不塌皮烂骨，没有筋道。

托他买豆腐浆，交给他一只旧的牛奶瓶，陆续买了两个礼拜，他很简单地报告道："瓶没有了。"是砸了还是失窃了，也不得而知。再隔了些时，他拿了一只小一号的牛奶瓶装了豆腐浆来。我们问道："咦？瓶又有了？"他答道："有了。"新的瓶是赔给我们的呢还是借给我们的，也不得而知。这一类的举动是颇有点社会主义风的。

我们的新闻报每天早上他要循例过目一下方才给我们送来。小报他读得更为仔细些，因此要到十一二点钟才轮得到我们看。

50

英文、日文、德文、俄文的报他是不看的，因此大清早便卷成一卷插在人家弯曲的门钮里。

报纸没有人偷，电铃上的钢板却被撬去了。看门的巡警倒有两个，虽不是双生子，一样都是翻领里面竖起了木渣渣的黄脸，短裤与长统袜之间露出木渣渣的黄膝盖；上班的时候，一般都是横在一张藤椅上睡觉，挡住了信箱。每次你去看看信箱的时候总得殷勤地凑到他面颊前面，仿佛要询问："酒刺好了些罢？"

恐怕只有女人能够充分了解公寓生活的特殊优点：佣人问题不那么严重。生活程度这么高，即使雇得起人，也得准备着受气。在公寓里"居家过日子"是比较简单的事。找个清洁公司每隔两星期来大扫除一下，也就用不着打杂的了。没有佣人，也是人生一快。抛开一切平等的原则不讲，吃饭的时候如果有个还没吃过饭的人立在一边眼睁睁望着，等着为你添饭，虽不至于使人食不下咽，多少有些讨厌。许多身边杂事自有它们的愉快性质。看不到田园里的茄子，到菜场上去看看也好——那么复杂的，油润的紫色；新绿的豌豆，熟艳的辣椒，金黄的面筋，像太阳里的肥皂泡。把菠菜洗过了，倒在油锅里，每每有一两片碎叶子粘在篾篓底上，抖也抖不下来；迎着亮，翠生生的枝叶在竹片编成的方格子上招展着，使人联想到篱上的扁豆花。其实又何必"联想"呢？篾篓子的本身的美不就够了么？我这并不是效忠于国社党，劝诱女人回到厨房里去。不劝便罢，若是劝，一样的得劝男人到厨房里去走一遭。当然，家里有厨子而主人不时的下厨房，是会引起厨子最强烈的反感的。这些地方我们得寸步留心，不能太不识眉眼高低。

有时候也感到没有佣人的苦处。米缸里出虫，所以掺了些胡椒在米里——据说米虫不大喜欢那刺激性的气味，淘米之前先得把胡椒拣出来。我捏了一只肥白的肉虫的头当做胡椒，发现了这错误之后，不禁大叫起来，丢下饭锅便走。在香港遇见了蛇，也不过如此罢了。那条蛇我只见到它的上半截，它钻出洞来矗立着，约有二尺来长。我抱了一叠书匆匆忙忙下山来，正和它打了个照面。它静静地望着我，我也静静地望着它，望了半响，方才哇呀呀叫出声来，翻身便跑。

提起虫豸之类，六楼上苍蝇几乎绝迹，蚊子少许有两个。如果它们富于想象力的话，飞到窗口往下一看，便会晕倒了罢？不幸它们是像英国人一般地淡漠与自足——英国人住在非洲的森林里也照常穿上了燕尾服进晚餐。

公寓是最合理想的逃世的地方。厌倦了大都会的人们往往记挂着和平幽静的乡村，心心念念盼望着有一天能够告老归田，养蜂种菜，享点清福。殊不知在乡下多买半斤腊肉便要引起许多闲言闲语，而在公寓房子的最上层你就是站在窗前换衣服也不妨事！

然而一年一度，日常生活的秘密总得公布一下。夏天家家户户都大敞着门，搬一把藤椅坐在风口里。这边的人在打电话，对过一家的仆欧一面熨衣裳，一面便将电话上的对白译成了德文说给他的小主人听。楼底下有个俄国人在那里响亮地教日文。二楼的那位女太太和贝多芬有着不共戴天的仇恨，一捶十八敲，咬牙切齿打了他一上午；钢琴上倚着一辆脚踏车。不知道哪一家在煨牛肉汤，又有哪一家泡了焦三仙。

人类天生的是爱管闲事。为什么我们不向彼此的私生活里偷偷的看一眼呢，既然被看者没有多大损失而看的人显然得到了片刻的愉悦？凡事牵涉到快乐的授受上，就犯不着斤斤计较了。较量些什么呢？——长的是磨难，短的是人生。

屋顶花园里常常有孩子们溜冰，兴致高的时候，从早到晚在我们头上咕滋咕滋矬过来又矬过去，像瓷器的摩擦，又像睡熟的人在那里磨牙，听得我们一粒粒牙齿在牙龈里发酸如同青石榴的子，剔一剔便会掉下来。隔壁一个异国绅士声势汹汹上楼去干涉。他的太太提醒他道，"人家不懂你的话，去也是白去。"他揎拳撸袖道："不要紧，我会使他们懂得的！"隔了几分钟他偃旗息鼓嗒然下来了。上面的孩子年纪都不小了，而且是女性，而且是美丽的。

谈到公德心，我们也不见得比人强。阳台上的灰尘我们直截了当地扫到楼下的阳台上去。"啊，人家栏杆上晾着地毯呢——怪不过意的，等他们把地毯收了进去再扫罢！"一念之慈，顶上生出了灿烂圆光。这就是我们的不甚彻底的道德观念。

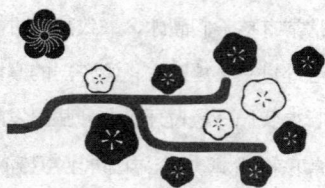

更衣记

张爱玲

在政治混乱期间，人们没有能力改良他们的生活情形。他们只能够创造他们贴身的环境——那就是衣服。我们各人住在各人的衣服里。

如果当初世代相传的衣服没有大批卖给收旧货的，一年一度六月里晒衣裳，该是一件辉煌热闹的事罢。你在竹竿与竹竿之间走过，两边拦着绫罗绸缎的墙——那是埋在地底下的古代宫室里发掘出的甬道。你把额角贴在织金的花绣上。太阳在这边的时候，将金线晒得滚烫，然而现在已经冷了。

从前的人吃力地过了一辈子，所作所为，渐渐蒙上了灰尘；子孙晾衣裳的时候又把灰尘给抖了下来，在黄色的太阳里飞舞着。回忆这东西若是有气味的话，那就是樟脑的香，甜而稳妥，像记得分明的快乐，甜而怅惘，像忘却了的忧愁。

　　我们不大能够想象过去的世界，这么迂缓，安静，齐整——在满清三百年的统治下，女人竟没有什么时装可言！一代又一代的人穿着同样的衣服而不觉得厌烦。开国的时候，因为"男降女不降"，女子的服装还保留着显著的明代遗风。从十七世纪中叶直到十九世纪末，流行着极度宽大的衫裤，有一种四平八稳的沉着气象。领圈很低，有等于无。穿在外面的"大袄"，在并非正式的场合，宽了衣，便露出"中袄"。

　　"中袄"里面有紧窄合身的"小袄"，上床也不脱去，多半是娇媚的桃红或水红。三件袄子之上又加着"云肩背心"，黑缎宽镶，盘着大云头。

　　削肩、细腰、平胸，薄而小的标准美女在这一层层衣衫的重压下失踪了。她的本身是不存在的，不过是一个衣架子罢了。中国人不赞成太触目的女人。历史上记载的耸人听闻的美德——譬如说，一只胳膊被陌生男子拉了一把，便将它砍掉——虽然博得普遍的赞叹，知识阶级对之总隐隐地觉得有点遗憾，因为一个女人不该吸引过度的注意；任是铁铮铮的名字，挂在千万人的嘴唇上，也在呼吸的水蒸气里生了锈。

　　女人要想出众一点，连这样堂而皇之的途径都有人反对，何况奇装异服，自然那更是伤风败俗了。

出门时裤子上罩的裙子，其规律化更为彻底。通常都是黑色，逢着喜庆年节，太太穿红的，姨太太穿粉红。寡妇系黑裙，可是丈夫过世多年之后，如有公婆在堂，她可以穿湖色或雪青。裙上的细褶是女人的仪态最严格的试验。家教好的姑娘，莲步姗姗，百褶裙虽不至于纹丝不动，也只限于最轻微的摇颤。不惯穿裙的小家碧玉走起路来便予人以惊风骇浪的印象。更为苛刻的是新娘的红裙，裙腰垂下一条条半寸来宽的飘带，带端系着铃。行动时只许有一点隐约的叮当，像远山上宝塔上的风铃。晚至一九二〇年左右，比较潇洒自由的宽褶裙入时了，这一类的裙子方才完全废除。

穿皮子，更是禁不起一些出入，便被目为暴发户。皮衣有一定的季节，分门别类，至为详尽。十月里若是冷得出奇，穿三层皮是可以的，至于穿什么皮，那却要顾到季节而不能顾到天气了。初冬穿"小毛"，如青种羊、紫羔、珠羔；然后穿"中毛"，如银鼠、灰鼠、灰脊、狐腿、甘肩、倭刀；隆冬穿"大毛"——白狐、青狐、西狐、玄狐、紫貂。"有功名"的人方能穿貂。中下等阶级的人以前比现在富裕得多，大都有一件金银嵌或羊皮袍子。

姑娘们的"昭君套"为阴森的冬月添上点色彩。根据历代的图画，昭君出塞所戴的风兜是爱斯基摩式的，简单大方，好莱坞明星仿制者颇多。中国十九世纪的"昭君套"却是癫狂冶艳的——一顶瓜皮帽，帽檐围上一圈皮，帽顶缀着极大的红绒球，脑后垂着两根粉红缎带，带端缀着一对金印，动辄相击作声。

对于细节的过分的注意，为这一时期的服装的要点。现代西方的时装，不必要的点缀品未尝不花样多端，但是都有个目的——把眼睛的蓝色发扬光大起来，补助不发达的胸部，使人看上去高些或矮些，集中注意力在腰肢上，消灭臀部过度的曲线……古中国衣衫上的点缀品却是完全无意义的。若说它是纯粹装饰性质的罢，为什么连鞋底上也满布着繁缛的图案呢？鞋的本身就很少在人前露脸的机会，别说鞋底了，高底的边缘也充塞着密密的花纹。

袄子有"三镶三滚""五镶五滚""七镶七滚"之别，镶滚之外，下摆与大襟上还闪烁着水钻盘的梅花，菊花。袖上另钉着名唤"阑干"的丝质花边，宽约七寸，挖空镂出福寿字样。

这样聚集了无数小小的有趣之点。这样不停地另生枝节，放恣，不讲理，在不相干的事物上浪费了精力，正是中国有闲阶级一贯的态度。惟有世界上最清闲的国家里最闲的人，方才能够领略到这些细节的妙处。制造一百种相仿而不犯重的图案，固然需要艺术与时间；欣赏它，也同样的烦难。

古中国的时装设计家似乎不知道，一个女人到底不是大观园。太多的堆砌使兴趣不能集中。我们的时装的历史，一言以蔽之，就是这些点缀品的逐渐减去。

当然事情不是这么简单。还有腰身大小的交替盈蚀。第一个严重的变化发生在光绪三十二三年。铁路已经不那么稀罕了，火车开始在中国人的生活里占一重要位置。诸大商港的时新款式迅速地传入内地。衣裤渐渐缩小，"阑干"与阔滚条过了时，单剩下一条极窄的。扁的是"韭菜边",圆的是"灯草边",又称"线香滚"。在政治动乱与社会不靖的时期——譬如欧洲的文艺复兴时代——时髦的衣服永远是紧匝在身上,轻捷利落,容许剧烈的活动。

在十五世纪的意大利,因为衣裤过于紧小,肘弯膝盖,筋骨接榫处非得开缝不可。中国衣服在革命酝酿期间差一点就胀裂开来了。"小皇帝"登基的时候,袄子套在人身上像刀鞘。中国女人的紧身背心的功用实在奇妙——衣服再紧些,衣服底下的肉体也还不是写实派的作风,看上去不大像个女人而像一缕诗魂。长袄的直线延至膝盖为止,下面虚飘飘垂下两条窄窄的裤管,似脚非脚的金莲抱歉地轻轻踏在地上。铅笔一般瘦的裤脚妙在给人一种伶仃无告的感觉。在中国诗里,"可怜"是"可爱"的代名词。男人向有保护异性的嗜好,而在青黄不接的过渡时代,颠连困苦的生活情形更激动了这种倾向。宽袍大袖的、端凝的妇女现在发现太福相了是不行的,做个薄命人反倒于她们有利。

那又是一个各趋极端的时代。政治与家庭制度的缺点突然被揭穿。年轻的知识阶级仇视着传统的一切,甚至于中国的一切。保守性的方面也因为惊恐的缘故而增强了压力。神经质的论争无日不进行着,在家庭里,在报纸上,在娱乐场所。连涂脂抹粉的文明戏演员,姨太太们的理想恋人,也在戏台上向他们的未婚妻借题发挥,讨论时事,声泪俱下。

一向心平气和的古国从来没有如此骚动过。在那歇斯底里的气氛里,"元宝领"这东西产生了——高得与鼻尖平行的硬领,像缅甸的一层层叠至尺来高的金属项圈一般，逼迫女人们伸长了脖子。这吓人的衣领与下面的一捻柳腰完全不相称。头重脚轻，无均衡的性质正象征了那个时代。

民国初建立，有一时期似乎各方面都有浮面的清明气象。大家都认真相信卢骚（即卢梭——编者注）的理想化的人权主义。学生们热诚拥护投票制度、非孝、自由恋爱。甚至于纯粹的精神恋爱也有人实验过，但似乎不曾成功。

时装上也显出空前的天真，轻快，愉悦。"喇叭管袖子"飘飘欲仙，露出一大截玉腕。短袄腰部极为紧小。上层阶级的女人出门系裙，在家里只穿一条齐膝的短裤，丝袜也只到膝为止，裤与袜的交界处偶然也大胆地暴露了膝盖。存心不良的女人往往从袄底垂下挑拨性的长而宽的淡色丝质裤带，带端飘着排穗。

民国初年的时装，大部分的灵感是得自西方的。衣领减低了不算，甚至被蠲免了的时候也有。领口挖成圆形，方形，鸡心形，金刚钻形。白色丝质围巾四季都能用。白丝袜脚跟上的黑绣花，像虫的行列，蠕蠕爬到腿肚子上。交际花与妓女常常有戴平光眼镜以为美的。舶来品不分皂白地被接受，可见一斑。

军阀来来去去，马蹄后飞沙走石，跟着他们自己的官员、政府、法律，跌跌绊绊赶上去的时装，也同样的千变万化。短袄的下摆忽而圆，忽而尖，忽而六角形。女人的衣服往往是和珠宝一般，没有年纪的，随时可以变卖，然而在民国的当铺里不复受欢迎了，因为过了时就一文不值。

时装的日新月异并不一定表现活泼的精神与新颖的思想。恰巧相反。它可以代表呆滞；由于其他活动范围内的失败，所有的创造力都流入衣服的区域里去。在政治混乱期间，人们没有能力改良他们的生活情形。他们只能够创造他们贴身的环境——那就是衣服。我们各人住在各人的衣服里。

一九二一年，女人穿上了长袍。发源于满洲的旗装自从旗人入关之后一直是与中土的服装并行着的，各不相犯。旗下的妇女嫌她们的旗袍缺乏女性美，也想改穿较妩媚的袄裤，然而皇帝下诏，严厉禁止了。五族共和之后，全国妇女突然一致采用旗袍，倒不是为了效忠于满清，提倡复辟运动，而是因为女子蓄意要模仿男子。在中国，自古以来女人的代名词是"三绺梳头，两截穿衣"。一截穿衣与两截穿衣是很细微的区别，似乎没有什么不公平之处，可是一九二〇年的女人很容易地就多了心。她们初受西方文化的熏陶，醉心于男女平权之说，可是四周的实际情形与理想相差太远了，羞愤之下，她们排斥女性化的一切，恨不得将女人的根性斩尽杀绝。

因此初兴的旗袍是严冷方正的，具有清教徒的风格。

政治上，对内对外陆续发生的不幸事件使民众灰了心。青年人的理想总有支持不了的一天。时装开始紧缩。喇叭管袖子收小了。一九三〇年，袖长及肘，衣领又高了起来。往年的元宝领的优点在它的适宜的角度，斜斜地切过两腮，不是瓜子脸也变了瓜子脸，这一次的高领却是圆筒式的，紧抵着下颌，肌肉尚未松弛的姑娘们也生了双下巴。这种衣领根本不可恕。可是它象征了十年前那种理智化的淫逸的空气——直挺挺的衣领远远隔开了女神似的头与下面的丰柔肉身。这儿有讽刺，有绝望后的狂笑。

当时欧美流行着的双排钮扣的军人式的外套正和中国人凄厉的心情一拍即合。然而恪守中庸之道的中国女人在那雄赳赳的大衣底下穿着拂地的丝绒长袍，袍叉开到大腿上，露出同样质料的长裤子，裤脚上闪着银色花边。衣服的主人翁也是这样的奇异的配搭，表面上无不激烈地唱高调，骨子里还是唯物主义者。

近年来最重要的变化是衣袖的废除。（那似乎是极其艰难危险的工作，小心翼翼地，费了二十年的工夫方才完全剪去。）

同时衣领矮了，袍身短了，装饰性质的镶滚也免了，改用盘花钮扣来代替，不久连钮扣也被捐弃了，改用揿钮。总之，这笔账完全是减法——所有的点缀品，无论有用没用，一概剔去。剩下的只有一件紧身背心，露出颈项，两臂与小腿。

现在要紧的是人，旗袍的作用不外乎烘云托月忠实地将人体轮廓曲曲勾出。革命前的装束却反之，人属次要，单只注重诗意的线条，于是女人的体格公式化，不脱衣服不知道她与她有什么不同。

我们的时装不是一种有计划有组织的实业，不比在巴黎，几个规模宏大的时装公司如 Lelong's Schiaparelli's，垄断一切，影响及整个白种人的世界。我们的裁缝却是没主张的。公众的幻想往往不谋而合，产生一种不可思议的洪流。裁缝只有追随的份儿。因为这缘故，中国的时装更可以作民意的代表。究竟谁是时装的首创者，很难证明，因为中国人素不尊重版权，而且作者也不甚介意，既然抄袭是最隆重的赞美。最近入时的半长不短的袖子，又称"四分之三袖"，上海人便说是香港发起的，而香港人又说是由上海传来的，互相推诿，不敢负责。

一双袖子翩翩归来，预兆形式主义的复兴。最新的发展是向传统的一方面走，细节虽不能恢复，轮廓却可尽量引用，用得活泛，一样能够适应现代环境的需要。旗袍的大襟采取围裙式，就是个好例子，很有点"三日入厨下"的风情，耐人寻味。

男装的近代史较为平淡。只有一个极短的时期，民国四年至八九年，男人的衣服也讲究花哨，滚上多道的如意头，而且男女的衣料可以通用，然而生当其时的人都认为是天下大乱的怪现状之一。目前中国人的西装，固然是谨严而黯淡，遵守西洋绅士的成规，即是中装也长年地在灰色、咖啡色、深青里面打滚，质地与图案也极单调。男子的生活比女子自由得多，然而单凭这一件不自由，我就不愿意做一个男子。

衣服似乎是不足挂齿的小事。刘备说过这样的话："兄弟如手足，妻子如衣服。"可是如果女人能够做到"丈夫如衣服"的地步，就很不容易。有个西方作家（是萧伯纳么？）曾经抱怨过，多数女人选择丈夫远不及选择帽子一般的聚精会神，慎重考虑。再没有心肝的女子说起她"去年那件织锦缎夹袍"的时候，也是一往情深的。

直到十八世纪为止，中外的男子尚有穿红着绿的权利。男子服色的限制是现代文明的特征。不论这在心理上有没有不健康的影响，至少这是不必要的压抑。文明社会的集团生活里，必要的压抑有许多种，似乎小节上应当放纵些，作为补偿。有这么一种议论，说男性如果对于衣着感到兴趣些，也许他们会安分一点，不至于千方百计争取社会的注意与赞美，为了造就一己的声望，不惜祸国殃民。若说只消将男人打扮得花红柳绿的，天下就太平了，那当然是笑话。大红蟒衣里面戴着绣花肚兜的官员，照样会淆乱朝纲。但是预言家威尔斯的合理化的乌托邦里面的男女公民一律穿着最鲜艳的薄膜质的衣裤、斗篷，这倒也值得做我们参考的资料。

因为习惯上的关系，男子打扮得略略不中程式，的确看着不顺眼，中装上加大衣，就是一个例子，不如另加上一件棉袍或皮袍来得妥当，便臃肿些也不妨。有一次我在电车上看见一个年轻人，也许是学生，也许是店伙，用米色绿方格的兔子呢制了太紧的袍，脚上穿着女式红绿条纹短袜，嘴里衔着别致的描花假象牙烟斗，烟斗里并没有烟。他吮了一会，拿下来把它一截截拆开了，又装上去，再送到嘴里去吮，面上颇有得色。乍看觉得可笑，然而为什么不呢，如果他喜欢？

秋凉的薄暮，小菜场上收了摊子，满地的鱼腥和青白色的芦粟的皮与渣。一个小孩骑了自行车冲过来，卖弄本领，大叫一声，放松了扶手，摇摆着，轻倩地掠过。在这一刹那，满街的人都充满了不可理喻的景仰之心。人生最可爱的当儿便在那一撒手罢？

天才梦

张爱玲

世人原谅瓦格涅的疏狂，可是他们不会原谅我。

生命是一袭华美的袍，爬满了蚤子。

我是一个古怪的女孩，从小被目为天才，除了发展我的天才外别无生存的目标。然而，当童年的狂想逐渐褪色的时候，我发现我除了天才的梦之外一无所有——所有的只是天才的乖僻缺点。世人原谅瓦格涅的疏狂，可是他们不会原谅我。

　　加上一点美国式的宣传，也许我会被誉为神童。我三岁时能背诵唐诗。我还记得摇摇摆摆地立在一个满清遗老的藤椅前朗吟"商女不知亡国恨，隔江犹唱后庭花"，眼看着他的泪珠滚下来。七岁时我写了第一部小说，一个家庭悲剧。遇到笔划复杂的字，我常常跑去问厨子怎样写。第二部小说是关于一个失恋自杀的女郎。我母亲批评说：如果她要自杀，她决不会从上海乘火车到西湖去自溺。可是我因为西湖诗意的背景，终于固执地保存了这一点。

我仅有的课外读物是《西游记》与少量的童话，但我的思想并不为它们所束缚。八岁那年，我尝试过一篇类似乌托邦的小说，题名快乐村。快乐村人是一好战的高原民族，因克服苗人有功，蒙中国皇帝特许，免征赋税，并予自治权。所以快乐村是一个与外界隔绝的大家庭，自耕自织，保存着部落时代的活泼文化。

我特地将半打练习簿缝在一起，预期一本洋洋大作，然而不久我就对这伟大的题材失去了兴趣。现在我仍旧保存着我所绘的插画多帧，介绍这种理想社会的服务，建筑，室内装修，包括图书馆，"演武厅"，巧克力店，屋顶花园。公共餐室是荷花池里一座凉亭。我不记得那里有没有电影院与社会主义——虽然缺少这两样文明产物，他们似乎也过得很好。

九岁时，我踌躇着不知道应当选择音乐或美术作我终身的事业。看了一张描写穷困的画家的影片后，我哭了一场，决定做一个钢琴家，在富丽堂皇的音乐厅里演奏。

对于色彩，音符，字眼，我极为敏感。当我弹奏钢琴时，我想象那八个音符有不同的个性，穿戴了鲜艳的衣帽携手舞蹈。我学写文章，爱用色彩浓厚，音韵铿锵的字眼，如"珠灰"，"黄昏"，

"婉妙"，"splendour"，"melancholy"，因此常犯了堆砌的毛病。直到现在，我仍然爱看《聊斋志异》与俗气的巴黎时装报告，便是为了这种有吸引力的字眼。

在学校里我得到自由发展。我的自信心日益坚强，直到我十六岁时，我母亲从法国回来，将她睽隔多年的女儿研究了一下。

"我懊悔从前小心看护你的伤寒症，"她告诉我，"我宁愿看你死，不愿看你活着使你自己处处受痛苦。"

我发现我不会削苹果。经过艰苦的努力我才学会补袜子。我怕上理发店，怕见客，怕给裁缝试衣裳。许多人尝试过教我织绒线，可是没有一个成功。在一间房里住了两年，问我电铃在哪儿我还茫然。我天天乘黄包车上医院去打针，接连三个月，仍然不认识那条路。总而言之，在现实的社会里，我等于一个废物。

我母亲给我两年的时间学习适应环境。她教我煮饭；用肥皂粉洗衣；练习行路的姿势；看人的眼色；点灯后记得拉上窗帘；照镜子研究面部神态；如果没有幽默天才，千万别说笑话。

在待人接物的常识方面，我显露惊人的愚笨。我的两年计划是一个失败的试验。除了使我的思想失去均衡外，我母亲的沉痛警告没有给我任何的影响。

生活的艺术，有一部分我不是不能领略。我懂得怎么看"七月巧云"，听苏格兰兵吹 bagpipe，享受微风中的藤椅，吃盐水花生，欣赏雨夜的霓虹灯，从双层公共汽车上伸出手摘树巅的绿叶。在没有人与人交接的场合，我充满了生命的欢悦。可是我一天不能克服这种咬啮性的小烦恼，生命是一袭华美的袍，爬满了蚤子。

夜的奇迹

/ 庐隐

我惊奇，我迷惘，

夜的暗影下，何来如此的奇迹！

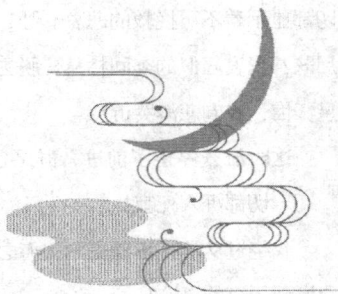

宇宙僵卧在夜的暗影之下，
我悄悄的逃到这黝黑的林丛——
群星无言，孤月沉默，只有山隙
中的流泉潺潺溅溅的悲鸣，仿佛
孤独的夜莺在哀泣。

山巅古寺危立在白云间，刺
心的钟磬，断续的穿过寒林，我
如受弹伤的猛虎，奋力的跃起，
由山麓窜到山巅，我追寻完整的
生命，我追寻自由的灵魂，但是
夜的暗影，如厚幔般围裹住，一

切都显示着不可挽救的悲哀。吁！我何爱惜这被苦难剥蚀将尽的尸骸？我发狂似的奔回林丛，脱去身上血迹斑斓的征衣，我向群星忏悔，我向悲涛哭诉！

这时流云停止了前进，群星忘记了闪烁，山泉也住了呜咽，一切一切都沉入死寂！

我绕过丛林，不期来到碧海之滨，呵！神秘的宇宙，在这里我发现了夜的奇迹！

黝黑的夜幔轻轻的拉开，群星吐着清幽的亮光，孤月也踯躅于云间，白色的海浪吻着翡翠的岛屿，五色缤纷的花丛中隐约见美丽的仙女在歌舞。她们显示着生命的活跃与神妙！

我惊奇，我迷惘，夜的暗影下，何来如此的奇迹！

我怔立海滨，注视那岛屿上的美景，忽然从海里涌起一股凶浪，将岛屿全个淹没，一切一切又都沉入在死寂！

我依然回到黝黑的林丛——群星无言，孤月沉默，只有山隙中的流泉潺潺溅溅的悲鸣，仿佛孤独的夜莺在哀泣。

吁！宇宙布满了罗网，任我百般扎挣，努力的追寻，而完整的生命只如昙花一现，最后依然消逝于恶浪；埋葬于尘海之心。自由的灵魂，永远是夜的奇迹！——在色相的人间，只有污秽与残骸，吁！我何爱惜这被苦难剥蚀将尽的尸骸——总有一天，我将焚毁于自己郁怒的灵焰，抛开这不值一钱的脓血之躯，因此而释放我可怜的灵魂！

这时我将摘下北斗，抛向阴霾满布的尘海。

我将永远歌颂这夜的奇迹！

月夜孤舟

庐隐

"人间便是梦境，

何必问哪一件是梦，哪一件非梦！"

发发弗弗的飘风，午后吹得更起劲，游人都带着倦意寻觅归程，马路上人迹寥落，但黄昏时风已渐息，柳枝轻轻款摆，翠碧的景山巅上，斜辉散霞，紫罗兰的云幔，横铺在西方的天际，他们在松荫下，迈上轻舟，慢摇兰桨，荡向碧玉似的河心去。

全船的人都悄默的看远山群岫，轻吐云烟，听舟底的细水潺湲，渐渐的四境包溶于模糊的轮廓里，这景地更清幽了。

他们的小舟，沿着河岸慢慢的前进，这时淡蓝的云幕上，满缀着金星，皎月盈盈下窥，河上没有第二只游船，只剩下他们那一叶的孤舟，吻着碧流，悄悄的前进。

这孤舟上的人们——有寻春的骄子，有飘泊的归客——在咿呀的桨声中，夹杂着欢情的低吟，和凄意的叹息。把舵的阮君在清辉下，辨认着孤舟的方向，森帮着摇桨，这时他们的确负有伟大的使命，可以使人们得到安全，也可以使人们沉溺于死的深渊。森努力拨开牵绊的水藻，舟已到河心。这时月白光清，银波雪浪动了沙的豪兴，她扣着船舷唱道：

> 十里银河堆雪浪，
>
> 四顾何茫茫？
>
> 这一叶孤舟轻荡，
>
> 荡向那天河深处，
>
> 只恐玉宇琼楼高处不胜寒！
>
> ……
>
> 我欲叩苍穹，问何处是隔绝人天的离恨宫。
>
> 奈雾锁云封！
>
> 奈雾锁云封！
>
> 绵绵恨……几时终！

这凄凉的歌声使独坐船尾的鞏憬然了，她呆望天涯，悄数陨堕的生命之花；而今呵，不敢对冷月逼视，不敢向苍天伸诉，这深抑的幽怨，使得她低默饮泣。

自然，在这展布天衣缺陷的人间，谁曾看见过不谢的好花？只要在静默中掀起心幕，摧毁和焚炙的伤痕斑斑可认，这时全船的人，都觉得灵弦凄紧。虞斜倚船舷，仿佛万千愁恨，都要向清流洗涤，都要向河底深埋。

天真的丽，他神经更脆弱，他凝视着含泪的鞏，狂痴的沙，仿佛将有不可思议的暴风雨来临，要摧毁世间的一切，尤其要捣碎雨后憔悴的梨花，他颤抖着稚弱的心，他发愁，他叹息，这时的四境实在太凄凉了！

沙呢！她原是飘泊的归客，并且归来后依旧飘泊，她对着这凉云淡雾中的月影波光，只觉幽怨凄楚，她几次问青天，但苍天冥冥依旧无言！这孤舟夜泛，这冷月只影，都似曾相识——但细听没有灵隐深处的钟磬声，细认也没有雷峰塔痕，在她毁灭而不曾毁灭尽的生命中，这的确是一个深深的伤痕。

八年前的一个月夜，是她悄送掉童心的纯洁，接受人间的绮情柔意，她和青在月影下，双影厮并，她那时如依人的小鸟，如迷醉的荼蘼，她傲视冷月，她窃笑行云。

但今夜呵！一样的月影波光，然而她和青已隔绝人天。让月儿蹂躏这寞落的心，她扎挣残喘，要向月姊问青的消息，但月姊只是阴森的惨笑，只是傲然的凌视——指示她的孤独。唉！她枉将凄音冲破行云，枉将哀调深渗海底——天意永远是不可思议！

沙低声默泣，全船的人都罩在绮丽的哀愁中。这时船已穿过玉桥，两岸灯光，映射波中，似乎万蛇舞动，金彩飞腾，沙凄然道："这到底是梦境？还是人间？"

瓗道："人间便是梦境，何必问哪一件是梦，哪一件非梦！"

"呵！人间便是梦境，但不幸的人类，为什么永远没有快活的梦……这惨愁，为什么没有焚化的可能？"

大家都默然无言，只有阮君依然努力把舵，森不住的摇桨，这船又从河心荡向河岸。"夜深了，归去罢！"森仿佛有些倦了，于是将船儿泊在岸旁，他们都离开这美妙的月影波光，在黑夜中摸索他们的归程。

月儿斜倚翡翠云屏，柳丝细拂这归去的人们——这月夜孤舟又是一番梦痕！

wǒ yuàn qiū cháng zhù rén jiān

我愿秋常驻人间

庐隐

灵魂既经苏醒，

灵的感官便与世界万汇相接触了。

提到秋，谁都不免有一种凄迷哀凉的色调，浮上心头；更试翻古往今来的骚人、墨客，在他们的歌咏中，也都把秋染上凄迷哀凉的色调，如李白的《秋思》："……天秋木叶下，月冷莎鸡悲，坐愁群芳歇，白露凋华滋。"柳永的《雪梅香辞》："景萧索，危楼独立面晴空，动悲秋情绪，当时宋玉应同。"周密的《声声慢》："……对西风休赋登楼，怎去得，怕凄凉时节，团扇悲秋。"

这种凄迷哀凉的色调，便是美的元素，这种美的元素只有"秋"才有。也只有在"秋"的季节中，人们才体验得出，因为一个人在感官被极度的刺激和压轧的时候，常会使心头麻木。故在盛夏闷热时，或在严冬苦寒中，心灵永久如虫类的蛰伏。等到一声秋风吹到人间，也正等于一声春雷，震动大地，把一些僵木的灵魂如虫类般的唤醒了。

灵魂既经苏醒，灵的感官便与世界万汇相接触了。于是见到阶前落叶萧萧下，而联想到不尽长江滚滚来，更因其特别自由敏感的神经，而感到不尽的长江是千古常存，而倏忽的生命，譬诸昙花一现。于是悲来填膺，愁绪横生。

这就是提到秋，谁都不免有一种凄迷哀凉的色调浮上心头的原因了。

其实秋是具有极丰富的色彩，极活泼的精神的，它的一切现象，并不像敏感的诗人墨客，所体验的那种凄迷哀凉。

当霜薄风清的秋晨，漫步郊野，你便可以看见如火般的颜色染在枫林、柿丛，和浓紫的颜色泼满了山巅天际，简直是一个气魄伟大的画家的大手笔，任意趣之所在，勾抹涂染，自有其雄伟的丰姿，又岂是纤细的春景所能望其项背？

至于秋的犀利，可以洗尽积垢；秋月的明澈，可以照烛幽微；秋是又犀利又潇洒，不拘不束的一位艺术家的象征。这种色调，实可以苏醒现代困闷人群的灵魂，因此我愿秋常驻人间！

行年四十

xíng nián sì shí

袁昌英

有刚才四十岁的人，就自称衰老，遽尔颓丧，那就未免太过自暴自弃了，因为他的一生事业，这时才真正开始啊！

四十大约是人生过程中最大的一个关键；这个关键的重要性及其特殊刺激性，大概是古今中外的人士同样特别感觉着的。我国古语有"行年四十而后方知不足""四十而不惑""四十而无闻焉，斯亦不足畏也矣！"等说法。《水浒传》的作者施耐庵在自序里也把四十的重要写得轰轰烈烈，亦可说是痛哭流涕，中有"四十不成名不必再求名""四十不娶不必再娶"等句。就今人而论，胡适之先生过四十那年，写了一篇洋洋数万言的大文，纪念他所经过的一切。最近钱乙藜先生也出版一本珠玉夺目的小诗集，既不命名，也不署名，只是赠送亲友，纪念他的四十生日。

西洋人也把四十看做人生吃紧的关头。英国名剧家卜尼罗专从心理及生理上着眼，描写四十岁左右男女恋爱的难关。他的《中海峡》是一部相当成功而在当时极受欢迎的剧本。所谓人生如旅客，短短七八十年的寿命如同跨过英伦海峡的旅程一般，到了四十岁的时候，正如渡到海峡的中间，旅途虽然已是走过了一半，可是险恶的大风浪，却正当头！

当今社会上活动的人物，多半是在这个困苦艰难，坚忍奋斗的抗战中默然渡过了这四十岁的重要关头，其中当然是有许多可歌可泣，也许是可笑可骂的事故发生了。在太平时候，那些故事也许掀起偌大的风波，使社会人士在讨论的当中，得着某事其所以转变的原委，可是在这大家头上罩着了更重要的难题的现在，大家耳闻目击了这些事，只不过骂一顿或是笑一顿，或是热诚的太息几声，或是冷凄凄的浇上一二句冰冻批语便罢！若是这些事不幸发生在自己的身上，在平时如此，在战时也是如此，多半是讳莫如深，严严密密的将这一切藏在自己灵魂的秘阁里，半个字也不让它透露出去，遇着胆大一点的人，认为自己良心上无愧，就将自己的经验练成玉句金声，披上诗词的艳装丽服，执住诗神的微妙表情，打发在人间，作为一生的永久纪念。当然人生如旅客，每一个旅行人有每个的特殊作风。有的只是走马看花，如美国的游历家在欧洲拜访名胜一样，一群群坐着大卡车，到了那个地点，就算尽了访古的义务，做到了那回首当年，凭吊往古的风雅活动；有的也许感到了诗人所吟咏的一切，只是紧紧的锁在心里，不肯让人家知道罢了；有的却要在那名胜可以下笔或下刀的地方留下几句歪诗，以为可以伴着名胜享受不朽；有的则必要将自己特别敏锐的性灵在名胜面前所感触的反响与活动，写成游记或动情的诗词，留作人类美味的精神食粮。不待言，这每个旅客所独特的作风，在这同是旅途人的自由世界里，应当是绝对自由的。可是我们对于那一部分能为人类出产美味精神粮食的特殊旅伴，不由得不发生感激而表示敬意，因为他们替我们解除旅途的枯寂，又使我们见到而体会到这旅途中我们自己不易见到而体会到的一切；并且他们肯把自己最亲切的感情与思想说给同伴听，这首先就是够朋友的行动了。那末，谁又能拒绝做他们的朋友咧！

我们由旅伴的叙说，数千年以来经过这旅程者的记载，以及耳闻目见或自己经历过的种种，知道四十岁是人生旅程中最大的一个关键，在心理上生理上都有一种特殊的转变，因此影响到一人整个的态度，行动及其毕生的事业。

某女士是学政治出身，对于一生事业的抱负及其人格的修养确实是非凡的。她尝对我说："兰，你是学文学的，你们这班长咏高歌的半诗人，认为罗曼斯是人生中最重要且最不可缺少的经验。我的看法完全两样。我觉得一个人生在这大千宇宙里面，应该如同培养一株特种的名花嘉木一样，昼夜不息的小心谨慎着，一点不苟且的看护着，不让害虫来侵蚀它，狂风暴雨摧残它，使它得着充分的阳光雨露以及地气的精华，等到时候临头，它能尽其所有的本能与个性，开出绝世的鲜花，结出惊人的硕果。像你们这种一天到晚忙着闹罗曼斯，实在是犯着摧残本性的嫌疑，我是极端反对的。"我虽是学文学，却没有一天到晚忙着闹罗曼斯，听了这话，心里不免有些不好受，可是我很明白她的话是指一般文人说的，并没有把我包括在内——真正的好朋友是能这样体会彼此的意思的。况且以她那种生性非常活泼伶俐而模样儿又是长得相当漂亮的人物，对于人生竟真是言行合一的严肃自持，我对之委实只有欣服敬爱的感情，绝对谈不到言语的计较。

她在二十余岁的时候，秉承父母之命，与某君正正经经结了婚。嗣后除了生儿育女经理家务以外，她还继续不断的忙着读书著述，以及其它直接或间接的政治生活。朋友之中常常叹服说："她真是个标准的新式女子！"

十年如一日，她对于人生严肃的态度一点没有改变。可是不久以后，不知在那一个政治的舞台上，她遇见了一个美貌男子，起先二人也不过是泛泛之交而已。我们说：某人长得漂亮！她也说：实在是美。我们说：只可惜他的行为太浪漫，自重的女子不敢相信他。她也跟着叹息而已。

前些时，我在某大都市路过，与她盘桓了数日数夜。第一件事她使我惊讶不置的是她对于服装的讲究，容颜的修饰，比以前更来得注意。从前的她衣饰，和她整个的人一样，只是严肃整洁而已。近来她的一切都添上了妩媚的色彩！她的住室和从前一样舒适，可是镜台上总是供着一瓶异香异色的花，书案上总是摆着一盘清水养着的落英。她同人说话的时候，两只眼睛不息地盯住瓶里的花和盘里的落英，仿佛像整个的神思都由这花与落英捧向另外一个什么地方去了。头一天，我只觉得奇异。这位阔别并不多时的朋友，怎么变得这般两样。我起先疑心她家庭里发生了什么龃龉，可是细心观察之后，只见她的丈夫及儿女对她还是和从前一样体贴，一样温存，即她自己的行动，除了这种失神及心不在焉的神气以外，与从前也没有什么分别。原来是极幸福的家庭，现在仍然是和气一团的生活着。那末，这失神的症结到底是什么呢？

第三天，她的丈夫因事出远门了。在那夜深人静的午夜里，小孩子当然正在做着甘香的好梦，我和她却仍然围着火盆细谈。镜台上的夜兰送来了一阵阵的清香，转眼一看书案上的落英——这时是几朵鹅黄色的蔷薇——映在绿辉的电光下，显得异样的诡秘！她的神思仍然是在这两种花里面彷徨着，泳荡着，迷离着。我若不是神志素来健全的人，一定要疑心她是已被花精迷惑着了。最后我忍无可忍的试探一句：

"钰，你怎么和从前简直有点两样了呢？"

她精神一振，即刻回答我道："我！两样了？那就真有点怪，我这种人还会变到哪里去吗？"

我逼上去说："钰，你有心事，只是不肯告诉我罢了！"

"你这家伙真是鬼，怎么看出了我有心事！老实告诉你，心事我是没有的，只是我的思想和以前有点出入而已。"

"在哪方面呢？难道是由自由民主主义向左转，走到共产主义那方面去了，或是向右转，走到独裁主义的旗帜下呢？"

"我的政治思想仍旧没有多大的转变，还是守着我的老营：自由民主主义。就是我的人生哲学完全两样的了。我觉得我的一生，直至现在为止，可说是整个的枉费了……"

在那夜阑人静屋暖花香的氛围里，她的话头正如开放了的都江堰，简直是波涛汹涌，只向外奔。蕴藉在她性灵深处的种种怨艾，种种愤怒和种种不平，如万马脱羁般，只向我驰骋。不是我的神经十分结实的话，简直要被这些马蹄踏得发昏！可是她毕竟是个有修养能自持的读书人，话虽长，却无一句伤及他人，也无一句涉及她那中心的疙瘩。但从那些施了脂粉，穿了时装的零散句子里面，我窥见了她那失神的症结。

"恋爱应当是神圣的……一个人的感情应该是绝对自由的……人在天地间，自己的生命应该全由自己处置……可是如卢梭所说的，人生出来本是自由的，然而到处受到羁绊"，这样的语句，连篇累牍的夹在她的谈话里面！同时她的两只眼睛不时注射在夜兰与蔷薇上面，仿佛要是可能的话，要是她有自由处置其自己的性命的话，她的生命，她的灵魂，和她的一切都可以醉倒，晕倒，死倒在这花的怀抱里！

在此情形之下，我不由得试探一句：

"你现在怎么这样爱花？这些花是你们园里出的吗？"

"这些花是个朋友送的！爱花！我现在简直是如醉如狂的爱花！花就是我的灵魂，我的灵魂就湮没在花里。我这朋友知道我爱花……无论谁送的花，我都一样的爱！"

我心里早已猜着了那献花的人，可是不敢，也不必道破。连忙又转变话头问道：

"钰，你近来真是变得可以的了！记得你从前怎么骂我们文人爱闹罗曼斯吗？你现在的论调，谁说不比什么都来得更罗曼蒂克！"

"回想从前的一切，我简直懊悔极了！我的家庭教育，以及旧道德观念白白的葬送了我大半世的黄金生命！想起来，那种无意识的，循规蹈矩的生活简直不知如何过下去的！"

她不说，我也不敢说，我只直觉的看得很清楚：我的好友是在一种新的，如醉如狂的恋爱中挣扎她的新生命！我为她愉快，亦为她惶恐。愉快的是她终于尝到了恋爱的滋味，了解人生方面的意义；惶恐的是为恐她将堕入人生悲观的深渊，受到人类恶意的奚落。最后惶恐战胜了愉快的心情，我有意提醒她一句，使她有所解脱有所觉悟：

"钰，你今年是不是刚刚四十？"

"还差几个月。"

"你要留神，这是你生命中最重要的关头。你的种种思想上转变，都有它的生理上与心理上的根据。"

"这又奇了！我的思想与我的年龄有什么关系？"

"关系大得很，再过两年，你就明白了。我介绍你几本书去看看吧。你们研究政治的人，太不注意人生的大道理了！"

"好吧！你明儿把书名写给我，我真不相信你的书能解决我的思想的转变！"

"不特解决你的思想，而且要指示你的行为咧！"

我们那夜的谈话就停于此。第二天我就离开了。一别数月，不久以前，她给我来了一封十分恳切而冗长的信，叙述她这几年来感情上，思想上，生理上和心理上的种种变化。她最后对于我的启示及读物的介绍，表示特别感激，是的，她了解了恋爱的滋味，踏入那神秘的境界，可是因为我的暗示，她没有走入恋爱的歧途，演出那连带的悲剧。经过那番剧烈的转变之后，她又恢复了以前那种严肃的健全的生活了。

她的信是不许公开的。可是过了四十的人一定是能体会其中的意味；未过四十的人，姑且等着时间来告诉你就是了。

总之，四十是人生最大的一个关键，在生理上说起来，一个人由出生至四十是如东升的红日，一步步向着午天腾达的，只有越来越发扬，越来越光大，越来越辉煌的，可是过了四十，就如渐向西沉的黄金色的日轮一样，光芒也许特别的锐利，颜色也许异样的灿烂，热力也许特别的炽烈，然而总不免朝着衰败消落的悲哀里进行。四十是生命向上的最后挣扎；尤其是女子，那天生的大生命力要在她的身上逞其最大的压迫，无上的威力，来执行它那创造新生命的使命。所以在四十岁左右的男女，如果婚姻不是特别理想的话，一定受不起那生命力的压迫与威力，而要生种种喜新厌旧的变态行为。如果在四十左右尚未结婚的男女，对于嫁娶的要求，一定是非常厉害的。当然，因为环境殊异的关系，例外总是有的。在四十以前，生命力似乎觉得有的是时间，用不着忙，用不着急，尤其用不着充分使用它的威权。四十一来，它就有点着慌，如果不奋勇直前的来发挥它的力量，用尽它最后的威力，恐怕要受上帝责罚，定它有亏职守的大罪。

因为生理上的关系，心理上也发生了绝大的影响。四十以下的人的心情是如"一江春水向东流"，有的是力量，有的是生机，有的是雪山上直奔上来的源泉，无穷无尽的供给他这力量，这生机。四十以前的生活是一种不受意识支配的向外发展，至少也可说是一种潜意识的动态。有的事，他或她这么做，并不是经过了意识的衡量而才发生的行动，而只是像儿童玩耍一样，身上的生气太旺盛，消耗在正常生活以内而尚有剩余的力量太多了，不得不如此发泄罢了。过了四十岁的人，回想当年种种乱费精力，白费时间的行动，总不免三致太息，就是这个缘故。梁任公的"昨日之我非今日之我"，恐怕多少也有这个道理在里面。

可是四十以上的人，经过生命力最后大挣扎的战争，而得到平衡以后，他的心境就如"一泓秋水"，明静澄澈，一波不兴，幽闲自在的接受天地宇宙间一切事物，而加以淡化的反映，天光云影也好，绿杨飞鸟也好，水榭明山也好，它都给泛上一番清雅的色调，呈现在他清流里。这也许是一种近乎诗人式的心境。可是就大体言之，恐怕只是程度的差异，而不是类别的不同，因而形成雅俗之分罢了。因为心境的平衡，他的判断力就来得比以前特别清晰。一生有意识的生活才真正开始。在以前，他的一大部分生活力都被那创造新生命的意识霸占了去，做它的工作，所以他的行动大半不能自主。现在那生命力的威风渐渐退减了，他的性灵的力量可以出头了，可以充分的发挥了。所以四十岁以上的人，事业心特别浓厚；立德立功立言三种大人物都要在这时候特逞身手，做出他或她性灵中所要求的轰轰烈烈的事业。人与万物之所以不同，恐怕就在这要求不朽上面。说得露骨一点，在四十以前，人与一般生物的悬殊是比较有限的，他的生活大半是被那个创造新生命的盲目意识支配着，实在可以说在"替天行道"！在四十以后，性灵的威力，人格的表现才开始占着上风。在他或她已经执行了替天道的使命以后，这才猛抬头发见一向被冷落了的"自我"，从黑角里奔出来，质问道："我呢？现在总应该给我一点机会吧！来！让我来干一下子。时间不早了，努力前进，让我来把这'张三'两个字，或'李四娘'三个字，在事业上，功德上，或著述上，留下永远的名声，在天地间永久存在着，在人心里享受无穷的爱戴！"

这种四十的大转变，当然以体气性格与环境的种种不同，在个人感觉方面，自有其轻重浓淡深浅的分别：有的人只是恍恍惚惚的感觉一点；有的则在心理与生理上都感觉着狂风暴雨般的大变动；当然一半也还凭本人自身分析力的敏锐或迟钝为转移。

但是有刚才四十岁的人，就自称衰老，遽尔颓丧，那就未免太过自暴自弃了，因为他的一生事业，这时才真正开始咧！

爱美

袁昌英

至于那才，情，貌，均臻极峰的人物，一旦相
遇为知己，我必视为人中之圣……

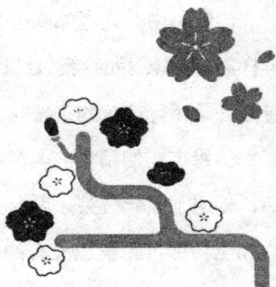

我生平最爱美，人造美与自然美于我均是同样宝贵。人造美中如小巧玲珑的器皿，特是我所珍惜。偶尔得着一件香色俱古，或摩登得有趣，而形式极佳的瓷器或玉器，我可以饮食俱废，浓情蜜意的把玩几天，然后藏之宝库，不时取出爱抚。若是一旦得到一本装潢美印刷美而内容尤美的书，那我真会乐以忘忧，不知手之舞之足之蹈之也。

自然美中，大者如高山之峻拔，巨川之洪流，常使我的性灵异样震撼：峻拔如给我以纬的提高，洪流如予我以经的扩大。小者如一朵娇艳鹅黄的蔷薇花，可以使我颠倒终日，如醉如梦的狂喜，仿佛宇宙的精华与美梦都结晶在它身上；一只伶俐活泼的翠鸟，相遇于溪畔枝头，可令我雀跃三丈，宛然它那翠得似在动颤的颜色与那再完美也没有的形体拽引了我性灵深处的一线灵机，使我浑然相与为乐，忘乎物我之异了。

　　可是美的人，才真是我的特好。记得少年时留学英法，每见一个碧眼金发，皮肤红白柔嫩得那样可爱的洋娃娃，一阵阵的热泪会从我的心坎奔放出来，使我觉得一个能够产生这种可爱的生物的地球，实在值得我的敬爱与留恋。至若一个美丽的女郎，或是一个拔萃的美男子，都于我更有不可抵御的魅力。在这种他或她之前，我的性灵的兴奋，有如朝霞之灿烂，我的心身的慰藉，有似晚天的温柔。即或一旦他或她给我识破了人格上的弱点，我虽一定与之疏远，然而这位子都或西施，在我的心底上，总还留下两分缱绻，三分原宥，因为我觉得生得美的人，应该有这末一点特权的。

　　容貌上的美，对于我的魔力，是如此猛烈而深入。可是天赋特厚，内心优美的人，也是我的崇尚。只要他与她不是拒人于千里外的特别狰狞者，我的相善，总是一往情深，一见如故的。我可说是最爱朋友的一个人。我爱与朋友谈心：在那语言笑谑的交流中，我如晒满秋阳的温暖，浑身是舒适；在那披肝沥胆的论争中，我如吸饱冬风的冷削，性灵上特起一番愤发。我也爱与友朋默然对坐或寂然偕行：在那相互嫣然一笑中，或恬然对视的静默中，我宛若窥见世外的消息，神秘的恩情！朋友之于我，诚如空气之于有肺动物，水之于鱼，不可一日无也。

至于那才，情，貌，均臻极峰的人物，一旦相遇为知己，我必视为人中之圣，理想中之理想，梦寐中之妙境，花卉中之芬芳，晚霞中之金幔，午夜中之星月，萦于心，系于神，顷刻不能相忘；屈子之思念怀王，明皇之哀恋贵妃，想亦不过如此之热烈而缠绵！吾痴乎？吾妄乎？斯亦不过爱美特甚，奉美为宗教的心理上的表征耳。

忙

<small>m á ng</small>

袁昌英

　　像浮士德和墨非斯托力夫士换了契约一样，从此不得自由了。

"忙"字一只，就够概括我最近的生活。嗨，这个"忙"字的滋味真够你受！它有压榨紧捆威逼利诱的威力。我自小就害怕棺材，因为睡在里面，出不得气。

　　"忙"就像这末一个长方形的，木头有半尺来厚的木匣子，把你嵌在里面，脑袋儿不能伸，脚尖儿不能顶，两手更是没法抱着头儿伸个懒腰儿！眼儿吗？那更是没得说的了！任你秋光怎样明媚，秋菊怎样凄艳，秋月怎样皎洁，这个匣儿把你封得紧紧的，不让你的一双眼儿越雷池一步。

忙！像我这末一个身兼数种要职的大员，怎样会不忙呢？我是个主妇。当然，跑厨房，经管柴米油盐酱醋茶，应接宾客，都是我的本分。一会儿，"太太，油没有了。"一会儿，"太太，洗衣皂没有了。"一会儿，"太太，挑水的要钱。"一会儿，这个那个，给你脑袋儿叫个昏，两腿儿跑个酸，好在这个职务虽是重要，我只挑得小半个在身上，其余的大半个，有个非常的老好人儿替我肩去了。

我又是个母亲。大的孩子虽是高得超出我的头两三寸，小的却仍相当小。儿女不管大小，总是要占去母亲不少心思。要是生起病来，那就简直要母亲的命！就是平常强健无事，他们身上的衣服鞋袜，就够你焦心。春夏秋冬四季，没一季不要早早给他们筹备。

最可怕的是鞋袜，破了又补，补了又破，终年补破袜，做新鞋，一辈子也闹不清！

从前有仆妇代劳，现在非亲手操作不可。当然，你要是腰缠十万，代劳还是有的。穷教授的家庭，那来这一份儿便宜？

我又是个教授，而且自命是个挺认真的老教授。每星期八九个钟头的正课，编讲义，看参考书，改卷本，已经就够一个人整个身心的忙了，况且还要这里参加一个会议，一去半天，那儿参加一个座谈会，又是半天。青年学生有的是精力，演戏呀，开音乐会呀，出壁报呀，都得请老师帮些忙，出点力！你说我忙不忙！

其实，做主妇也得，做母亲也得，当教授也得，三职一身兼之，都是我分内之事，责无旁贷，义不容辞。可是，我这个不守本分的人，还有一个毛病，说起来，挺难为情的！我……咳！快别做声吧，免得把人羞杀！什么？那有什么害臊的！人世间自命是什么什么的多着，自命是什么，并不一定真的是什么。所以我自命是皇帝，也不打紧，也无害于天地万物！因此，我这里敢于大胆地说出来：我自命是个作家。

因为我自命是个作家，就有许多杂志、书店、机关、社会邀我做文章。这末一来，就真的把我忙杀了！上春四五月间商务印书馆王云五先生一时心血来潮，打定主意要出一种"复兴丛书"，将古今中外，天文地理，国事人事，都包括在内。他设计周详之后，邀我替他编著《法国文学》一书，十万字左右，约定十月底交稿。糊涂虫的我，也可谓是贪一笔稿费的我，竟贸然提起笔，将"袁昌英"三个字签在契约上，一溜烟送入邮箱去了。

这真有点像浮士德和墨菲斯托夫力士换了契约一样，从此不得自由了。记得从七月五日开始工作，在整个将近三个月的暑假里，我苦作的像个黑奴。因为屋小人多，我把书籍笔砚，搬到一间幽暗不见天日的储藏兼便房的屋子里，实行埋头苦干。天气有时热到九十七八度，汗流浃背，我也不管。小孩哭叫，我也不管。柴米油盐，我也不管。应酬交际，我也不管。什么也不管！其实我又何尝能够完全不管！只是管那万不得已的而已。如此苦干，苦到十月中，已写到十万字左右。可是，字数虽已如约炮制，然而书并未写完。为免虎头蛇尾起见，非再补四五万字的一篇不可。在理将近两个月的时间，应早已写完。但是十月中学校开学，教授的职责，非全力肩起不可，又因今年教一门新课，非编讲义不可，所以美丽的《法国文学》，还缺着三只脚趾儿没有绣完！

您看，我最近几个月儿的生活，是不是装在这个"忙"字的木匣子里，使我吐不得气，伸不得腰，感觉浑身是束缚？就是这末"忙"，也还不打紧，还有更可怕的是欠着一身的债。《法国文学》的稿费，已经支用一半，契约期已过，尚不能交稿，这个精神的负担该多重！四五个月以来，所有亲戚朋友的信，堆满一抽屉，都得回复。一家人的破衣破袜，集成一大包，都得缝补。一切应酬来往，都得补行。还有堆积如山的书报杂志，都得补读。所以还了第一笔大债以后，预备今后三个月的工夫，完全跳出那"忙"字的木匣子，去自由自在清清闲闲还其余的债！

情到深处

qíng dào shēn chù

/ 梅娘

我能做的，只有浴着我的孤独，怅望云天了。

怅望云天

怅望云天

怎样也推不开心底的思念，特意翻出前年去探望他时的照片。我们都笑着。他的另一个女学生杳娟还把手搭在他的肩上。我们两个女学生，站在坐着的老师身后，样子恬恬然，是重温少女花季的梦吗？那梦如此遥远却如此清晰，映出了当年那段和谐的相知之情，那在心上刻下的憧憬之情。

其实，重见他的时候，我的无尽遐想已经湮灭。他埋在故纸堆里，埋在那奇美夹着神秘的篆字天书里，已经完完全全地心如止水。而我又碍于世俗的一切，没有前去与他交往。如果我去，我相信我有能力使他的止水重泛涟漪。可是，我没有去，没有主动前去，使我们的相知滞停在我的花季之中。我只是个囿于世俗的凡人，过多地考虑了周围的一切，没有去捕捉生命中这抹金色的晚霞。其实我很孤独，他当然也是，书和笔抵御不了孤独，就是全身心地投入，孤独也在悄悄地啃噬于你。

突然，他带着他的孤独去了。我知道，除了他的亲人之外，我是一直贴在他心的一角。是他的那一个学生，将他逝去的讣告寄给于我。肯定是他的某一些学生，筹备为他治丧。他原是桃李满天下的。

我捧着那张沉甸甸的讣文，我明白这是给我的通知。通知我，我的思念已无法在人间投递。我能做的，只有浴着我的孤独，怅望云天了。

花儿与叶

我给自己买了一束假花，一束低于市价的绢与纸的粗陋制品。不是为了喜欢，只是为了那个卖花人。那是位足有60岁开外的老头——一个连讨价还价都呐讷于口的老头。花是在仓库里压扁了的过时货，在喜迎春节的红火日子里，这压扁了的花，这站在大路旁的佝偻的卖花人，使我感到一种无法分说的苍凉、苦涩。他要换几个小钱去做什么呢？这点花钱，能给他的年关增添些许温馨吗？

我在压扁了的花朵中间筛选，是为了尽可能地搭配出和谐的色彩。老头却不安了，一直用惶惑的目光注视着我，那杂有期待，甚至是渴望的目光几乎穿透了我俯着选花的脊背。那些兴冲冲踏过的倩女俊男们，对这花与卖花人是不屑一顾的。压扁了的花朵只有红与白两色尚有花意。我各选了一束，按他索要的价格付钱给他，他却为我不曾还价而惊愕了，嗫嚅了半晌儿也没说清一个字，却从花堆里抖抖嗦嗦抽出一束绿叶递给我，羞惭地说："这个，这个搭给你，不要钱，看个青儿（北京方言，欣赏绿意）吧！"

　　我把红花、白花，当然还有那束绿叶，插在古风淳淳的黑陶罐里，向着那位卖花人，向着我自己，祝愿新春。我在心里说：就让我们看个青儿吧！

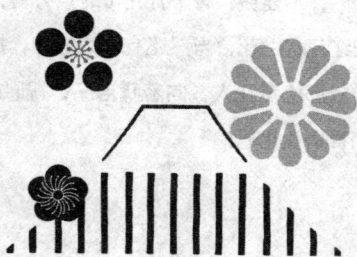

再游北戴河

陈衡哲

山石海潮，千古如此，而此小小的一个遇会，却是万劫不能复有的了。

提到北戴河，我们一定要联想到两件事，其一是洋化，其二是时髦。我不幸是一个出过大洋不曾洗掉泥土气的人，又不幸是一个最笨于趋时，最不会传摩登的人。故我的到北戴河去——不仅是去，而且是去时心跃跃，回时心恋恋的——当然另有一个道理。

千般运动，万般武艺，于我是都无缘的，虽然这是我生平的一件愧事。想起来，我幼小时也学过骑马，少年时也学过溜冰，打过网球，骑过自行车，但它们于我似乎都没有缘。一件一件的碰到我，又一件一件的悄悄走开去，在我的意志上从不曾留下一点点的痕迹，在我的情感上也不曾留下一点点的依恋和惆怅。却不料在这样一个没出息的人身上，游泳的神反而找到了一个钟爱的门徒。当我跃身入水的时候，真如渴者得饮，有说不出的愉快。游泳之后，再把身子四平八稳的放在水面，全身的肌肉便会松弛起来，而脑筋也就立刻得到了比睡眠更为安逸的休息。但闻呼呼的波浪声在耳畔来去，但觉身如羽毛，随波上下，心神飘逸，四大皆空。

除去游水之外，北戴河于我还有一个大引诱，那便是那无边无际的海。当你坐着洋车，自车站出发之后，不久便可以看见远远的一片弧形浮光，你的心便会不自主的狂跃起来，而你的窒塞的心绪，也立刻会感到一种疏散的清凉。此次我同叔永在那里共住了六天。最初的四天，是白天晴日当空，天无片云，入夜乌云层层，不见月光，但我们每晚仍到沙滩上去看雪浪拍岸，听海潮征啸。虽然重云蔽月，但在微明半暗之中，也可以分外感到一种自然的伟大。有一天，夕阳方下，余光未灭，沙上海边，阒无一人。远望去，天水相接，一样的无边无垠。忽见东方远远的飞来了三只孤鸟，它们飞得那样的从容，那样的整齐。飞过我们的坐处，再向西去，便渐飞渐小，成为两三个黑点。黑点又渐渐的变淡，淡到与天际浮烟一样，才不见了。那时不知道怎的，我心中忽然起了一阵深刻的寂寞与悲哀。三只孤鸟，不知从何处来，也不知到何处去，在海天茫茫，暮色凄凉之时，与我们这两个孤客，偶然有此一遇，便又从此天涯。山石海潮，千古如此，而此小小的一个遇会，却是万劫不能复有的了。

朝日出来的地方，在东山的背后，故我们虽可以看见朝霞，但不能见到朝阳。待朝阳出现时，已是金光满天，人影数丈了。落日也在西山背后，只有满天红霞，暗示我们山后的情景而已。唯有月出是在海面可见的。我们天天到海边去等待，天天有乌云阻障。到了第五晚，我们等到了七点半钟，还不见有丝毫影响。那时沙滩上一个人也不见了，天也渐渐黑了下来，环境是那样的静，那样的带有神秘性。忽然听见叔永一声惊叫，把我的灵魂从梦游中惊了回来。你道怎的？原来在东方水天相接处，忽然显出一条红光了。那光渐渐的肥大，成为一个大红火球，徘徊摇荡在天水相连处。不到一刻钟，便见沧波万里，银光如泻，一丸冷月，傲视天空。我们五天来忠诚的守候，今天算是得到了酬报。于是我们便赶快回到旅馆，吃了晚饭，雇了人力车，到联峰山去，在莲花石公园的莲花石上，松林之下，卧看天上海面的光辉。那晚的云是特别的可爱，疏散的是那样的潇洒轻盈，浓厚的是那样的整齐，那样的有层次，它们使得那圆月时时变换形态与光辉，使得它更分外可爱。不过若从水面上看，却又愿天空净碧，方能见到万里银波的伟大与清丽。

最后的一天，我们到东山的一位朋友家去，玩了大半天。我又学到了一个新的游泳法。晚上又同主人夫妇儿女到鸽子窝去吃野餐，直待沧波托出了一丸红月，人影渐显之后，主客方快快的戴月归去。我们也只得快快的与主人夫妇道别，乘着人力车，向车站进发。一路尚见波光云影，闪烁在树林之中，送我们归去。

北戴河的海滨是东西行的一长条沙滩，海水差不多在它的正南，所以那里的区域，也就可以粗分为东中西的三部。

东部是以东山为大本营的。住在那里的人，大抵是教会派，知识也不太新，也不太旧，也不太高，也不太低。他们生活的中心点是家庭，常常是太太们带着孩子在那里住过全夏，而先生们不过偶然去住住而已。他们中间十分之九是外国人，尤以美国人为最多，其中约占十分之一的中国人，也以协和医院及教会派的为多。他们大概是年年来的，彼此都很认识，但对于外来的人，也能十分友善。我在那里游水的时候，常在水中遇见许多熟人，又常被人介绍，在水中和不认识的人拉手，说，"很高兴认识了你！"但实际上何能认识？一个人在水中的形状与表情，和他在陆地上时是很不同的。

中部以石岭为中心点。住在那里的人，大抵是商人，近年来尤多在中国经商暴发的德俄商人。他们生活的中心点不是家庭，乃是社交，虽然也有例外，也有带着孩子的太太们，但这不能代表中部的精神。代表中部精神的，是血红的嘴唇，流动的秋波，以及富商们的便便大腹。他们大刀阔斧的"做爱"，苍蝇沾蜜似的亲密，似乎要在几个星期之内，去补足自亚当以来的性生活的不足与枯燥。但你若仔细观察一下，你便可以觉得，在这样情感狂放、肉感浓厚的空气之下，还藏着一个满不在乎的意味。似乎大家所企求的，不过是一个"今朝有酒今朝醉"的享乐而已。

在他们中间很少有中国人，尤其是女子。他们看见我在那里游泳，都发出惊讶的注意。他们对于中国人的态度，也是传统的"上海脑筋"。我现在且述一个故事，来证明这种态度怎样的普遍于这类外国人之中。我有一个朋友，在一天的下午，曾同着她的丈夫到西山顶上去游玩。那里下山的路是不甚好走的。他们正走着，忽然看见了两个法国孩子，男的约有十岁，女的大约是七八岁。那女孩看见山崖峭陡，直骇得发抖，央求那男孩子扶助，但他硬不肯，一溜烟独自跑下山去了。我的朋友看不过，她让那位正在扶着她的丈夫去扶携那个女孩子。下山之后，女孩子十分感激，便与他们谈天，问他们是哪一国的人。她让她猜，她说"英国吧？""不是，你不看见我的黄皮肤黑头发？"那女孩有点惊讶了，说"日本吗？"亦不是，"我们是中国人。"说也不信，那女孩一听之下，立刻骇得唇白眼直，脸上的肌肉瑟瑟的抖着，拼命的叫她的哥哥。那男孩并未走远，他也骇着了，立刻走来携着女孩子的手，显出在患难中相依为命的一种心绪。我的朋友看了，又气，又觉得他们可怜。她故意的瞪着眼，叱着说，"不准走！"两个孩子更骇了，真的立着不敢动。她对他们说，"我此时若不教训你们，你们将长成为两个国际的蟊贼。听我说，回去告诉你的父母，说今天遇到了两个你们又怕又看不起的中国人，那太太宁可自己很困难的走下山去，却让那先生扶着你这女孩子，因为她的哥哥不助她下山。问你的父母，这两个中国匪贼，比了你们法国的匪贼怎样？比了你们法国的绅士又怎样？走吧，愿你们今天睁开了你们的眼睛！"那男的到底大些，很羞惭的伸出手来，给他们道了谢，道了歉，方一步三回顾的，很惊讶的，同着他的妹妹走回去了。

西部以联峰山为中心点。住在那里的，除了外交界中人之外，有的是中国的富翁，与休养林泉的贵人。公益会即是他们办的。我们虽然自度不配做那区域的居民，但一想到那些红唇肥臀，或是秃头油嘴，自命为天之骄子的白种人，我们便不由得要感谢这些年高望重，有势有钱的公益先生们，感谢他们为我民族保存了一点自尊心。我们在公益会的浴场游泳时，心里觉得自由，觉得比在中部浴场游泳时快乐得多了。并且那里还有水上巡警，他们追随着你，使你没有沉没的恐惧。

住居西部的中国人既多，女子当然也有不少。但我所见下水游泳，或是骑马骤驰的，却仍以幼年女子为多。二三十岁的女子，大抵是很斯文的坐着，撑着伞看看而已。至多也不过慢慢的脱下袜子，提着那时髦美丽的长衫，小心谨慎的，在沙滩上轻移莲步而已。三十岁至四十岁间的女子，则在我住居六天之内，就压根儿没见到一个。但做爱的年轻男女却不是没有，不过他们的做爱，与西人真不相同。中部西人的做爱，是大刀阔斧一气呵成的，而我所见西部的中国"摩登"，却是乘着月暗潮狂的时候，遮遮掩掩，羞羞涩涩，在沙滩上走走说说而已。并且两个人单独出外的很少，大概是五六成群，待到了海边再分成一对对的为多。虽然我因住居之时不久，见闻有限，但这个情形也未尝不可以代表住在那里一部分的中国青年在社交上的自由与管束。

登富士山

dēng fù shì shān

蓦然觉得我已经伏在美妙宇宙的怀里，我忘去了一切烦扰疲劳和世间种种，像婴儿躺在温软的摇篮里一样。

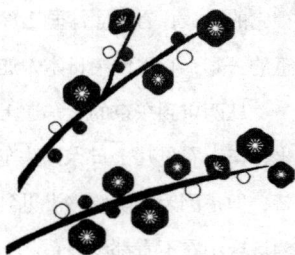

我向来没想过富士山是怎样巍大，怎样宏丽，值得我们崇拜的，因为一向所看见的富士山影子，多是一些用彩色渲染得十分匀整可是毫无笔韵的纯东洋画与不见精彩的明信片，或是在各种漆盘漆碗上涂的色彩或金银色的花样。这些东西本来是一些只能暂视不能久赏的容易讨巧的工艺品，所以富士山在我脑子里只是一座平凡无奇的山。有时因为貌视它的原故，看见了漆画上涂的富士山头堆着皑白的雪，拥着重重的云彩，心里便笑日本人连一国最崇拜的山都要制造出来！

从西京到东京的火车道上，听说可以望见富士山影，有一次坐在车上看见几个日人探头车窗外望了许多回，引得我也想望一望，但是因为天阴始终没见到，他们面上露出失望神色，我却以为这样山看不看都没关系。

东京中国青年会要组织一个团体登富士山，据说山上的气候与下面大不相同，登山的人都得预备寒衣。这寒衣二字很是入耳，那时我们住的房子开着西窗，屋内温度与蒸笼里差不了多少，到能穿寒衣的地方去一两天倒是同吃一碗冰激凌得的快感很相像吧，所以我便决意加入这登山团体。

由东京饭田町上车赴大月驿约三时半光景。途中过了三十三个山洞，可见越山过岭的多了。车虽然渐上高地，但是并不凉爽，炎日照窗，依然要时时挥汗。因七八两月为登富士时期，所以车上朝山人非常拥挤。日人作朝山装束甚多，男女皆穿白色土布之短大衣，上面印了许多朱印，为上庙的符号，裤袜皆一色白，头戴草笠，足登芒鞋，男人有中国行脚僧神气。女人面上仍如平日涂了厚厚的白粉，满身挂白，甚似戏台上做代夫报仇的女角装扮。

到大月驿时已过一时，大家在车上已吃了辨当（即木匣内盛菜饭的一种便饭），所以忙忙的急搭小电车赴吉田口，好趁未黑天时上山。

由大月驿至吉田口约坐二小时电车，沿途水田碧绿，远山蜿蜒不断，好风扇凉，爽气有如中秋光景，车轨两边的大沟中流水潺潺，人家借它作水磨用的很不少，车在途中暂停时，我们下车洗手，觉得冷水如冰，土人说这是富士山融雪流下来的。

车仍然前行，忽见含烟点翠连绵不断的万山中间，突然露出一座削平的山峰矫然立于云端，峰头积雪尚未全消，映着蔚蓝的天光，格外显得清幽拔俗，山的周围并不接连别的小山岭，同时也许因为富士的山形整齐的原故，周围蜿蜒不断的美山，显然见得委琐局促的样子，恰似鸡群中立着一只羽衣翩翩翛然出尘的仙鹤。

车转了几个弯，我不住的望着窗外，左右群山已不是方才看的山了，但富士还是方才看的一样，矫然立着，若不是八面玲珑的圆锥体，那会如此？ 山上云彩，来来去去，也只笼去富士山腰，到底没有飞上山顶去。当云彩笼着山腰时，只见山的上部，甚似一把开着的白纸扇形状。日本人咏富士的名句"白扇倒悬东海天"，这时候见到了。

到吉田口已经是近五点钟。这里是一小庄镇的样子，街上小饭铺甚多，兼卖登山用具。我们跟着青年会团员进了一家饭堂，大家洗脸换登山装束。计每人买了金刚杖（即坚硬之木棍）一个，莫蓙（短席子样的东西，披在背上，备在山上随处可以坐卧，并可避雨）一张，白草帽一顶，白线手套一双，日本分趾袜及草鞋各一双。我们来日本不久的，穿上分趾袜就不会走路，不过他们说不穿草鞋不能走山，只好穿上吧。

我们大家吃了一碗半熟的鸡子饭，天已经快黑了，急出饭铺向吉田神社走去，从那里转出去是上山的路。我们这一团共二十三人，除了汕头李女士及我，其余都是男子，有六七个不同的省籍。我走在大家后头，望见前面人一个一个背着席子，挽着包裹，足登分趾的草鞋，蹒跚的前走，很像中国叫化子样儿，只差了没喊叫讨要的声音。

离神社不远，有一条路可以上山，但是据说朝山人非先拜过此庙不好登山的，所以我们只好先到庙里去了。这庙并不大，除了正殿和洗手水池亭外，好像没有别的建筑物。大家到神前在金刚杖上刻了庙印，拍了一照，便向庙左道上去。

由吉田口到山上五合目，须走二十多中里（日本三里十五丁十八间），我怕走不了，就雇了一匹马，取贽三圆半，并不甚贵，且马行稳重，有如北京之骆驼。沿途可以放心看山，马前有牵缰人，大约不容易跌下马来。

走了一条路，滢与李女士二人也雇了马骑上，步行人在前，骑马的在后缓缓跟着。我与滢笑说，这是坐马，那是骑呢？

穿过松柏树林的道上已是黄昏时候，大树底下许多小树开着雪白的小花朵，吐出清淡的幽香，林中一会儿有夜莺娇脆流啭的啼声，一会儿是山雉哽涩的叫唤声，时时还夹着不知名字的鸟声与微风吹送一片松涛余韵。大家不约而同的默默不作一些声息向前走着。登富士山指南的书上说，人在山上时左右前后的看，就会"山醉"，"山醉"会晕倒的。我们进了大树林子内，虽未曾左右前后的观看，却已为林醉了。这是耳目得了太美妙的享用不觉的醉了吧。

出了松柏林子，前面路的两旁参天的杉木笔直的对立着，我正想这些树顶准可擎云了。抬起头一望，树顶上果然有云气，云的背后却有那座超绝尘俗的富士，披了皑白的羽衣，高高踞坐在重重朵云的上面。下面百尺多高的古杉都肃静的立正伺候着。山后是一片浅紫色的天幕，远处有两三颗淡黄光的星儿，像大庙宇前面的长明灯迎风闪耀着。

我愈往山望，愈觉得自己太小了，愈看清绝高超的山容，愈显得自己的局促寒伧了，有几次我真想下马俯伏道上，减轻心里的不安。

我仍旧带些诚惶诚恐的情绪骑着马穿进了杉木林。大家把纸灯笼点着提在手里，纡徐的山路上和高低的树丛中，一处一处露出一点一点灯火。我的马落在最后，马夫提了小灯笼默默在旁边走着，山中一切声息都听不见，只有马蹄上石坡声音。这目前光景好像把我做成古代童话里的人物一样，现在是一个命运不可测的小青年，骑了马进深山里探求什么需要的宝物，说不定眼前就会从大树里或岩石中跳出一个妖怪或神仙，恶意的或好意的伸出手来领我走上一条更加神秘的路，游一游不可知的奇异的国境。这是小时伏在大人们膝头上常听的故事，尝想自己有一天也那样做一做。这是十多年前最甜美的幻梦了，什么时候想起来都还觉得有一种蜜滋滋的可恋味儿。我迷迷糊糊的一边嚼念着童年的幻梦，不禁真的盼望怎样我可以跌下了马，晕倒过去一会儿，在那昏迷过去的工夫，神秘的国一定可以游到了吧！不过人间终究是人间，梦幻还是梦幻，我是安然坐在马上到第一站可以休息的马返。

马返距吉田口已六里（中里）多，有石块搭墙，木竹作棚之卖茶及烧印处。大家坐在茶棚内喝茶休息，有人拿金刚杖去烧印，每个三钱。烧印是烧上一个某处地名的印记，表示杖主人曾到了某地，所以朝山人无不去烧，买卖倒不坏。在日本平常进铺子喝日本茶不用算钱，在此地因为取水难，喝日本茶每人亦须出八钱。

由吉田口上山之路是比别的路易走，路有五尺多宽，曲折甚多，所以走的时候并不觉得吃力，走牲口亦很平稳，夜间虽黑暗，路不崎岖，走起来并不感到烦难。

到一合目时，路头并不多，因为有人觉得冷，都停下来加上寒衣，此地海拔五千三百多尺了，温度与山下很不同了。走到路口，回望来时道，黝黑一无所见，惟有山下远处灯火烁烁放光，那里大约是吉田口吧。

休息了一会儿大家仍然上路，途中几个人兴致甚好，一边走一边唱着歌，山中也忽然热闹起来。我亦同马夫搭话，据他说年中除了七八两月，余时简直没有人来上山……

二合目因为路不多，没有停下，过三合目进茶棚休息饮茶，有两个青年女侍者细看我的服装问我是否朝鲜国人，我答中国人，一个假装聪明的神气笑说，"支那妆束好看，朝鲜的有些怪样。"恰巧在我们三人头上挂了一盏灯，说话女侍者说完了作那挤一挤眼的怪样给我看得清清楚楚了。

在黑黝黝的山道上，什么景致也望不到，前面灯笼的光已经不如起先的引人幻想了，拉马的人也从他的口气里听出是一个瞧不起中国的日本人了，总而言之，山中的神秘性完全消失，只余了不成形的怅惘，及赶路常有的疲倦，徘徊于我的胸膈间。

　　到了五合目，栈房已经住得满满了，欲待再上一层，有些人已经不能走了。末后栈房人说，如果大家可以将就，也许可以勉强腾出二间屋子来。大家倦不择屋，也就安然住下。那时已经过十二时，第二天早上四时还要上山，铺下被褥，喝了茶就都睡了。

　　夜半醒来听刮风声，寒如冬月一样。穿了绒绳织衣，盖了厚棉被尚不觉暖。忽听团长张君来敲门叫起来，那时已过三点，风又太大，大家均不起来，朦胧的又入梦了。

　　不知过了多少时刻，团长又来叫，那时已经过了上山规定时刻，大家不好意思不起来了，门外松林风啸声，萧萧凛凛的，披了大氅出去，尚觉牙齿打抖，山上水甚宝贵，没有水洗漱，只有一壶水预备吃梅子饭（上山的便饭）时饮的。

　　吃饭时坐在松林底的板凳上，正看东面层层的群山，含着凌晨的烟雾，露出染墨施黛静寂的颜色，忽然群山上一抹腥血色红光，渐渐散起来成一片橙黄，一片金黄的云霞，天上的紫云远远的散开，渐渐的与天中的青灰云混合。

　　这时屋内尚点着灯火，松林饭棚下对面都看不清楚，日出云霞的微辉映照过来，山前一片松树顶及树干沾了些光辉显出青翠与赤赭色。山底的丘陵中间，有两个湖分铺在那里，因群山的阻隔，还映不着日出霞彩，只照着天上紫云化成银灰的颜色。

过了两三分钟，风势愈来愈大，刹那间东方一片血腥色的红云已不见了，天已渐渐亮了。我们收拾了东西，胡乱吃了两个饭团，随大家出了栈房。栈房一宿只要一元左右，饭是吉田饭铺送上来的，这样事皆由团长张君办理，省了我们许多麻烦。

　　上山路风势极猛，迎头吹来，我与李女士皆不能支持，差不多走上一步，被风打下一步的光景。不得已教领路的，又是替大家负物上山的人在前执住我们两人拉着的棍子，拉我们向上走。这个人到底是走惯山的，手牵着我们两人，背上驮着一大包东西，走起路来依然如常稳重，毫不现出吃力样子。

　　走了一里路光景，不知上了多高，我觉得呼吸极困难，山上空气稀薄的原故吧。正好坡上面有石室一座，望见前面的人停下来，我们也上去休息。

　　石室是靠大岩石作后壁，两旁堆石作墙，顶上搭了席子木片之后，再用大石头块压好的。室内亦有席铺地，有地炉煮水，并卖红豆粥，甘酒及各种罐头出卖，价钱比山下差不了多少，因为价钱是警察代定的，山上买卖人无可奈何，只好将东西材料减少一些，例如红豆粥只是一碗有豆子色的糖水而已。

　　吃过一碗茶之后，风也稍止了些，精神稍微恢复了，我便走去露天茶棚下想望望山景，走路时虽偷眼也曾望到一点，究竟不敢多看，因为怕"山醉"更不能上路了。

　　这目前的确是一幅神品的白云图！这重重舒卷自如，飘飖神逸的白云笼着千层万层青黛色蜿蜒起伏多姿的山峦是何等绰妙，山下银白色的两个湖，接着绿芊芊横着青青晓烟的水田是如何的清丽呵！我倚在柱子旁看痴了。我怕我的赞美话冲犯山灵，我恐怕我的拙劣画笔猥亵了化工，只默默的对着连带来的写生本都不敢打开了！

这海拔八千多尺的岩石上，站着我这样五尺来长的小躯体，自己能不觉得局促吗？自己能不觉得是一个委琐不堪的侏儒吗？可是同时一想，我们人的最始最终的家原是一个伟大的宇宙，这里美妙的山川，不过是我们的庭园的一部分，我们自然可以舒舒服服的享受，休息休息我们多烦扰的破碎不完的元神，舒适舒适我们不胜跋涉疲倦局促的躯壳吧！

想到这里，蓦然觉得我已经伏在美妙宇宙的怀里，我忘去了一切烦扰疲劳和世间种种，像婴儿躺在温软的摇篮里一样。

"喂，走哪！"忽然惊觉我的甜梦，只得睁着惺忪的眼，冒着冷风，拉着领路的人棍子走，那样子大约像牵牛上树一样费力气吧！

愈走上去风愈大起来，山顶上沙子因风吹下来，令人不能睁目，大约又走了两三中里，到了一石室，据说是不动岳六合目，大家又停下来。

大家皆跑进石室避风，有人吃鸡蛋红豆充饥。

这里不知又高了多少，喘气都觉得费劲，风太猛，虽有人牵着走也走不动了。有一些人自知不能上去，有一些人还鼓着勇气，非到顶上不可，末了分了两组，愿上愿下的平均起各一半，我当然归愿下的了，但是对于继续上去的人，心中不免有些羡慕与妒嫉。

我们一行十二人歇息够了，叫领路的带我们走下山到御殿场坐火车回东京。领路的也不识路，几乎走错了，幸而山上的人指引我们上了中道，由山腰穿过去须走口之六合目，由彼间下砂走道直到须走口，由彼乘自动车去御殿场。

我们依指引的路走下山去，不想山腰之路，亦无所谓路，只是在山腰斜坡处，走出一些道路印子来就是了。山腰上大概皆火山烧过松脆之岩石，常有一段路为松脆石沙子，脚一踏下去，岩石就会松落下来，或石沙子一松，纷纷滚下山去。那时风势极猛，由山顶直吹下来，左右又无可以攀扶的树木或岩石，每每脚踏着松脆石子，身子一歪，便跌倒，风又迎头吹住，想爬起来很不容易。在风沙里眼也睁不开，如若一不留神，随风跌倒几千尺深的山底也是意中事。我起先差不多给风绊住不能动了，滢也连自己都照顾不过来了，幸而有曾君江淮帮助，方才过了这一条危险万状的山腰。这山腰算来只约有四五中里长，费时约二点多钟吧。在我已经似乎走了一年了。那时时刻刻有跌下深渊的恐惧与兴奋，现在想来，宛如隔世的事。

近午时大家走进了一条羊肠曲道，两旁小树扶疏，少避风势，过一上流融雪之大岩石时，大家坐下歇憩吃干粮，再前行便到须走口之六合目茶店。

这一条路并不难行，大家稍微休息吃茶，买了新草鞋穿上，弃了旧的便走下山。

此间下山路为砂走道，路之斜度甚直。足下皆松脆之石砂，走时扶杖随砂子滑溜下去，便可步行如飞，毫不吃力。脚常常插入砂石里，穿鞋入了砂子便不能走路，所以非穿草鞋不可。我穿着日本分趾的袜子，用足尖不大好走，只好用足跟走，袜子被砂子磨破了，只好快些赶下山去。砂走道约有中国十二三里，既无店铺可购鞋袜，连可以休息坐下的大树也没有一棵，地上因为是大成岩石砂子，连草也不多见。

在砂走道上走了两个多钟头，脚倒不觉疲乏，但是持杖的手臂很有些发酸，大约用它的力量最多吧。到一合目太郎房之茶店吃茶饼少息，并买纪念明信片。然后分乘两辆马车往须走口。

马车每人八十钱坐八人极拥挤了，路复非常不平，左右摇撼，车中人如坐十几年前的北京骡子车一样受苦。忽然骤雨打入车内，我的衣服背后都湿了。

在车上一无风景可看，路旁松杉树皆不大，亦无名胜所，大家皆垂头昏昏然被梦魇纠缠，约一时间才到了须走口。

到了须走口茶店休息少时，大家跑到须走口登山前一石碑处摄影，时骤雨淋漓，照好了一片，忽听茶店前几个男子高喊"不能在那里照像"，我们回头一看，始知我们乃在皇太子登山纪念碑前，大家一笑跑回茶店去。

茶店前有汽车与公共汽车去御殿场的，我们想赶四点钟的火车回东京，所以叫了一辆通常用的汽车，每人五十钱。不意车夫甚狡，非八人坐上不肯开车。我们归心如箭，只好认晦气坐上去，车内当然挤得很了。

到了御殿场车站，买票上车，三等车已经挤得水泄不通，大都穿白衣拿着金钢杖的朝山人，我与滢只好坐上二等车，换了票才安然坐下，夜来的睡不足与一天的疲劳，这时候才觉到了。

途中买了一盒便饭，包裹纸的上面印着拙劣笔画的富士山，我一手便把这张纸搓了。

回忆一个画会及几个老画家

凌叔华

"我想像一个艺术家常常会像一个人在恋爱时那样爱上一些物事，他常常会被这些物事引到另一种'心境'，譬如一棵树，一辆街车，鸟的叫唤，烤肉的味道，一种姿态，一个样子以及种种琐屑事情，都有惹起这种危机的可能……"

民国十六年以前，北平是中国文物艺术的宝库，那时书家，画家，收藏家，全聚在那里。我虽然初入大学读书，但是每天大半光阴都是用在书画上，因为先父是嗜好书画的，他在北平做过三四十年事，故他认识的书画家收藏家也很多。那时，我有不少机会跟着他看过不少好书画，会见过不少老书画家。有时先父到一处去了，我自己便到江南苹夫人画室中谈天看画，她是个很风雅温柔的少妇，她的夫婿吴静庵是一个很有眼光的收藏家。在她画室中常会见到她的师傅陈师曾，陈半丁，由他们，我又认识姚茫父，齐白石，萧屋泉，金拱北，王梦白等，那时每隔多少时便开一次画会。说来奇怪，那时的画会，是毫无组织与目的的，可是每次到会的人，却非常踊跃。此后虽有不少稍具规模的画会，但是到的画家都很少，大多是一些初学绘画的学生。据我所知，民国十六年后，许多知名画家，大都不屑去赴有组织的画会了。

那时的画会，大都是由当地几个收藏家，书家，画家折柬相邀，地点多是临时选择幽雅的园林与寺院举行。人数常是十余人，茶余酒后往往濡毫染纸，意兴好的，画多少幅，人亦不以为狂，没有兴趣作画，只管在林下泉边，品茗清谈，也没有人议论。《九秋图》是在我家邀请的一个画会写的，那天是我同南苹夫人作东道；虽然过去十几年了，这些画家有几个是墓木可以作柱了，但是我几时看到那天作的画，我会亲切地记起那几个可爱可敬的老画家，我很珍惜这个回忆，也很值得我记下来吧。

是一个冬天的假日，金橙色太阳殷勤地晒着画室的纸窗槅上，一片淡墨枯枝影子投在北平特有的银粉墙纸上，似乎是一幅李成的寒林图画在一张唐笺上一般幽雅。北窗玻璃擦得清澈如水，窗下一张大楠木书桌也擦得光洁如镜，墙角花架上摆了几盆初开的水仙，一盆朱砂梅，一盆玉兰，室中间炉火暖烘烘的烘出花香，烘着茶香，也烘托出两个年青主人等候艺术家的温厚心情。

这一天来的画家有陈师曾，陈半丁，姚茫父，王梦白，萧屋泉，齐白石，金拱北，周养庵，另外有一个美国女画家穆玛丽，她是卫色拉大师的弟子，油画，粉画，炭画都作，功夫很深，鉴赏东方艺术也很有点眼光，对东方画家很谦虚，她是我相识的画友。当我同南苹夫人忙着收拾画具的时候，齐白石忽然匆匆走了进来，操着湖南口音笑问："是今天请我吗？我怕又弄错了日子。上次到她家去，以为是请我吃饭，谁知一个人都没有在家。问当差的，他也搞不清。"他老人家稀疏的胡须已经花白，一双小眼闪闪地发亮对着我们。看到房里的玉兰，他老人家便滔滔不绝地讲他湖南的花木，他是像所有湖南人一样特别爱他的故乡。那一天不知为什么玉兰花撩动他的诗意，他谈要写一首玉兰诗送我。（这话他是未忘，过不多时，他写了一首玉兰诗送来，并另画一小幅画。）

随后陈师曾及陈半丁两人来了，他两位是近五十岁的清癯有学者风度的人。师曾虽在日本留学甚久，却未染日本学生寒酸气。虽是士宦人家生长，父亲又是有名诗人陈散原，但是他的举止言谈都很谦和洒脱，毫无公子哥儿习气。陈半丁虽在前清肃亲王门下多时，却也未染满州人官场恶习。他们飘然进来，我同南苹招呼敬茶敬烟。不知是半丁或师曾说："这是头号铁观音呢！今天没有好画报答主人，先生也得打手心了。"

"好茶还得好壶呢，这个宜兴壶也够年纪了，就是不放茶叶也可以沏出茶来。"师曾把茶壶拿起啧啧称赏道。

"真的吗？这不是可以省掉茶叶了吗？"不知谁说。

"他肚子里故事真多，"半丁指着师曾向我说，"叫他讲宜兴壶，他三天都说不完。你叫他讲那个乞丐与他的茶壶的故事，有意思……"

　　不一会儿王梦白摇摇摆摆的，嘴衔着纸烟走进来，他后面是姚茫父，圆圆的脸，一团笑意，同他一起走进的萧屋泉却是一张历尽沧桑非常严肃的脸。（他们那时都是五十上下的年纪）

　　"梦白，你这几天怎样又不到咸肉庄坐着哪！我打发人找了你几回都找不到，有几个德国人一定要我请你给他们画几只猪。"陈师曾问道。

　　"是哈大门的德国火腿铺子吧，叫他先送一打火腿来吃完再画。"王梦白说着慢吞吞把烟卷抖抖灰，很随便地坐下来。

　　"他老人家改地方了，他常到便宜坊坐着去了，你看他新近画了多少翎毛啊。"陈半丁说。

　　"你们都没有我清楚，哈哈，"姚茫父响着他特有的快活调子笑道，"这阵子他天天到梅老板店里坐着呢。"

　　梅老板三字在那时是很红的，他与猪肉鸡鸭连着说，是不伦不类的荒唐可笑，于是大家笑了一阵。

　　"新近梅兰芳跟他学画。"不知谁解释说。

　　"我看梅兰芳光学画画梅花、兰草也够了，何必巴巴的要学画什么牛羊，别把他自己沾染上猪肉味儿倒是不雅致。"

　　这话引得大家又笑起来，王梦白慢慢地把嘴里烟卷丢了笑道："这样说来，老子只教他画花卉吧，他画画倒很有一点天分。"

午炮响过，金拱北也来了，他是一个面团团很富态绅士型的中年人，穿着比起这几位在座的画家考究匀称，这使我想到他秀整的画风。他进门便对我们说：

"真对不起，来晚了吧？正要动身家里来了几个客。"金拱北说的话，老挂点子洋味儿，我们那时觉得。

"总说到府上拜望，直到现在还未去过。"陈师曾说。

"下次就在我家聚会吧。"金拱北笑道。

"金先生的画室可讲究呢，你们没去过太可惜了。"似乎是陈半丁说。

"听说一张紫檀书桌至少值万儿八千的。"

"还有翡翠笔洗，玛瑙画碟，水晶压纸。"

"还有貂毛笔呢！"大家边说边笑，我怕金拱北难为情，幸而他还有幽默，他也笑说："这样说，我这个金拱北该是金子打的了！"

大家在笑声中入了座。因为没有生客，所以随便围着圆桌坐下来。吴静庵也来了，他虽不会画，但他替江南苹招呼客人很是周到。

座中大约是陈师曾，王梦白，姚茫父最能喝酒，也最爱讲话，王姚谈笑最热闹，陈师曾谈话很饶风趣，他的故事很多，大约书也是他读得最多。

客人的年龄都过了中年，他们大都在学校任教或私人教画，只有江南苹与我年纪最轻，所以我们把他们统统尊作先生。穆玛丽那时年纪也近五十了，她才来中国不久，不大懂中国话，但对中国艺术很能欣赏，她总是含了笑观察着。有时她问一两句话，这种画会她曾记录下来，在有名的 Studio 载过一二次。

饭后大家回到画室中用茶烟，我同南苹在裁纸磨墨。

"让我来开张，"陈师曾拾了一张小中堂尺寸的纸，画了几枝墨竹。王梦白走过来说，"我们俩合作。"

"你画只肥猪，让我来题字。"陈师曾说。

几分钟后，肥猪画在竹子下走，陈师曾抢过笔来题字，大家围拢来看。只见他写道："无肉令人瘦，无竹令人俗；若要不瘦亦不俗，莫如竹笋烧猪肉。"

上两句是苏东坡句子，下二句写出来引得大家哄笑。接着白石，半丁，茫父，各人都画了一二张新近得意之作。白石画的是老鼠及小鸡，半丁画牡丹梅花，茫父画菊花老少年等，每张画未收笔，就有人在旁订下，这时画家似乎都不吝啬他的墨宝，谁来求画，均不会被拒绝。齐白石平时最恨人来讨画，他曾当面骂过不少来讨画的人。在他画室室格上用大字明写着如不给钱来要画，是为无耻。但他这一天却随便白送了人好几幅，我的女佣也讨了他一张。

"来一张总合作的画不好吗？"不知谁在提议。

陈半丁把手中纸铺在桌上，簌簌的几笔，画他得意的秋海棠，笔致苍润，稳帖地摆在纸中心。他递笔与王梦白，他便用他的飞白法勾出一朵白菊花。

"嚯，花瓣儿飘飘的像鹅毛。"有人叹息说。

"北京便宜坊没有烧鹅卖，哈，哈……"王梦白把嘴里烟卷拿下来笑答，他把笔递给齐白石，又说，"让这个金冬心大笔来镇压一下，不然我的菊花要飞了。"

齐白石画了一颗雁来红，浓浓的黑叶，叶筋是用铁线描钩的。陈师曾接着画了一枝秋葵，他那逸笔草草正是表示秋葵的清标绝俗。

笔传到姚茫父，他歪着头含笑看了画一会儿，一口气撇了一片兰叶，嘴里说"够了吧？"便停了手。

周养庵接了笔画了一枝桂花，花叶匀匀的也还配得上其余的画。他把笔递与金拱北。

金拱北大约是对中国合作画画生疏（他曾在英国学画），接过笔后，在笔筒里谨慎地挑选了两只大小不同的笔，把画面仔细端详了一会说，"你们都画满了！我还画什么呢？"

"加两三笔就好。"大约是陈师曾说。

他温和地笑着画了一朵牵牛，一小枝红蓼在画角上。他说道，"该谁了？吴太太，凌小姐怎么不来几笔？"

"萧先生来几笔吧。"江南苹赶紧说。

"我画什么呢，石头算不算秋天花卉？"萧屋泉是山水专家，所以这样说，引得大家大笑。他写了一枝松，松针疏疏的，倒衬托出其他花草的绰约。

"最玲珑的松枝子！"陈半丁啧啧赞赏。

"这张给我吧。"我看纸上画已经差不多了，就说，"请哪位写几个字。"

"茫父写，他肚子里装得满满的都是题画词儿，一下笔就得。"

姚茫父拍拍他的大肚子，笑道："别忘了这里面装的都是主人家的酒菜呢。"他说着倒也不大推辞，提起笔来簌簌地写了如下一片：九秋图，癸亥正月，半丁海棠，梦白菊，师曾秋葵，屋泉松，白石雁来红，养庵桂花，拱北牵牛红蓼，茫父兰草，集于香岩精舍，叔华索而得之，茫父记。

他的字体有点学魏碑，紧凑的，聚在画的一角，好像镌刻在画上，看着很衬底下的画。我当下便接来收藏了。

这一天画会实是尽欢而散，近暮送上茶点时，客人才走了一半。

"今天金拱北看来有点吃不消你们的玩笑吧？"似乎是吴静庵说。

"其实他作画的功夫是很不坏，可以说得上端庄秀丽。"陈师曾停一停说，"中国画，甜熟的画，只能算作能品，能品究竟不能算是上乘，我看也是他的门生弟子，把他捧得太高，北洋鬼子又从旁特别捧场。这种广告行动，在中国是行不通的，尤其是要做一个艺术家。你看倪云林，恽南田，八大，石涛，生前都用不着人捧。"

上面所记的几个画家都是民国十六年前画坛一时之彦，有的已死多年，如师曾，茫父，梦白，拱北等，有的是年老隐居了，如白石，屋泉，半丁等，在此数人中天分最高的当然陈师曾，王梦白，齐白石等，白石老人尚在北平，他的艺术品（书画之外

148

还有治印）已为当世人所共赏，不必重说。我常想，师曾如再活二三十年，以他优越的诗书画根基加上他的好学，他是必然成为一代大师。他死时还未到五十岁，但吉光片羽已很为士林艺术界所珍惜了。

在我回忆这几个老画家时，我常想到 C.Bell 著的《塞尚痕以来》有一段说："我想像一个艺术家常常会像一个人在恋爱时那样爱上一些物事，他常常会被这些物事引到另一种'心境'，譬如一棵树，一辆街车，鸟的叫唤，烤肉的味道，一种姿态，一个样子以及种种琐屑事情，都有惹起这种危机的可能，使得他浑身充满一种难以抑制的欲望，他要表现自己，他不能隐藏他的情感，他也不情愿隐藏。"我前面所提的几个画家，我知道他们大多数是曾经像这样情形，取得他们得意之作。如若有一天可以让我安安静静地重新坐在我北平的小画室内，我很愿意为这里几个老画家每人写一篇稍有风趣的小传。

孤独的生活

萧红

    雨又开始了，但我的周围仍是静的，关起了窗子，只听到屋瓦滴滴的响着。

蓝色的电灯，好像通夜也没有关，所以我醒来一次看看墙壁是发蓝的，再醒来一次，也是发蓝的。天明之前，我听到蚊虫在帐子外面嗡嗡嗡嗡的叫着，我想，我该起来了，蚊虫都吵得这样热闹了。

收拾了房间之后，想要作点什么事情这点，日本与我们中国不同，街上虽然已经响着木屐的声音，但家屋仍和睡着一般的安静。我拿起笔来，想要写点什么，在未写之前必得要先想，可是这一想，就把所想的忘了！

为什么这样静呢？我反倒对着这安静不安起来。

于是出去，在街上走走，这街也不和我们中国的一样，也是太静了，也好像正在睡觉似的。

于是又回到了房间，我仍要想我所想的。在席子上面走着，吃一根香烟，喝一杯冷水，觉得已经差不多了，坐下来吧！写吧！

刚刚坐下来，太阳又照满了我的桌子。又把桌子换了位置，放在墙角去，墙角又没有风，所以满头流汗了。

再站起来走走，觉得所要写的，越想越不应该写，好，再另计划别的。

好像疲乏了似的，就在席子上面躺下来，偏偏帘子上有一个蜂子飞来，怕它刺着我，起来把它打跑了。刚一躺下，树上又有一个蝉开头叫起。蝉叫倒也不算奇怪，但只一个，听来那声音就特别大，我把头从窗子伸出去，想看看，到底是在那一棵树上？可是邻人拍手的声音，比蝉声更大，他们在笑了。我是在看蝉，他们一定以为我是在看他们。

于是穿起衣裳来，去吃中饭。经过华的门前，她们不在家，两双拖鞋摆在木箱上面。她们的女房东，向我说了一些什么，我一个字也不懂，大概也就是说她们不在家的意思。日本食堂之类，自己不敢去，怕人看成个阿墨林。所以去的是中国饭馆，一进门那个戴白帽子的就说：

"伊拉瞎伊麻丝……"

这我倒懂得，就是"来啦"的意思。既然坐下之后，他仍说的是日本话，于是我跑到厨房去，对厨子说了：要吃什么，要吃什么。

回来又到华的门前看看，还没有回来，两双拖鞋仍摆在木箱上。她们的房东又不知向我说了些什么！

晚饭时候，我没有去寻她们，出去买了东西回到家里来吃，照例买的面包和火腿。

吃了这些东西之后，着实是寂寞了。外面打着雷，天阴得混混沉沉的了。想要出去走走，又怕下雨，不然，又是比日里还要长的夜，又把我留在房间里了。终于拿了雨衣，走出去了，想要逛逛夜市，也怕下雨，还是去看华吧！一边带着失望一边向前走着，结果，她们仍是没有回来，仍是看到了两双拖鞋，仍是听到了那房东说了些我所不懂的话语。

假若，再有别的朋友或熟人，就是冒着雨，我也要去找他们，但实际是没有的。只好照着原路又走回来了。

现在是下着雨，桌子上面的书，除掉《水浒》之外，还有一本胡风译的《山灵》，《水浒》我连翻也不想翻，至于《山灵》，就是抱着我这一种心情来读，有意义的书也读坏了。

雨一停下来，穿着街灯的树叶好像萤火似的发光，过了一些时候，我再看树叶时那就完全漆黑了。

雨又开始了，但我的周围仍是静的，关起了窗子，只听到屋瓦滴滴的响着。

我放下了帐子，打开蓝色的电灯，并不是准备睡觉，是准备看书了。

读完了《山灵》上《声》的那篇，雨不知道已经停了多久了。那已经哑了的权龙八，他对他自己的不幸，并不正面去惋惜，他正为着铲除这种不幸才来干这样的事情的。

已经哑了的丈夫，他的妻来接见他的时候，他只把手放在嘴唇前面摆来摆去，接着他的脸就红了，当他红脸的时候，我不晓得那是什么心情激动了他。还有，他在监房里读着速成国语读本的时候，他的伙伴都想要说："你话都不会说，还学日文干什么！"

在他读的时候，他只是听到像是蒸气从喉咙漏出来的一样。恐怖立刻浸着了他，他慌忙的按了监房里的报知机，等他把人喊了来，他又不说什么，只是在嘴的前面摇着手。所以看守骂他："为什么什么也不说呢？混蛋！"

医生说他是"声带破裂"，他才晓得自己一生也不会说话了。

我感到了蓝色灯光的不足，于是开了那只白灯泡，准备再把《山灵》读下去。我的四面虽然更静了，等到我把自己也忘掉了时，好像我的周围也动荡了起来。

天还未明，我又读了三篇。

春意挂上了树梢

萧红

快乐的人们，不问四季总是快乐；哀哭的人们，不问四季也总是哀哭！

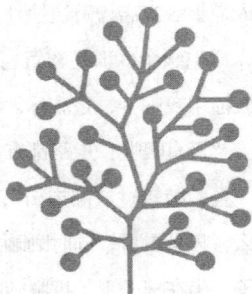

三月花还没有开，人们嗅不到花香，只是马路上融化了积雪的泥泞干起来。天空打起朦胧的多有春意的云彩；暖风和轻纱一般浮动在街道上，院子里。春末了，关外的人们才知道春来。春是来了，街头的白杨树蹿着芽，拖马车的马冒着气，马车夫们的大毡靴也不见了，行人道上外国女人的脚又从长统套鞋里显现出来。笑声，见面打招呼声，又复活在行人道上。商店为着快快地传播春天的感觉，橱窗里的花已经开了，草也绿了，那是布置着公园的夏景。我看得很凝神的时候，有人撞了我一下，是汪林，她也戴着那样小沿的帽子。

"天真暖啦！走路都有点热。"

看着她转过"商市街"，我们才来到另一家店铺，并不是买什么，只是看看，同时晒晒太阳。这样好的行人道，有树，也有椅子，坐在椅子上，把眼睛闭起，一切春的梦，春的谜，春的暖力……这一切把自己完全陷进去。听着，听着吧！春在歌唱……

"大爷，大奶奶……帮帮吧！……"这是什么歌呢，从背后来的？这不是春天的歌吧！

那个叫化子嘴里吃着个烂梨，一条腿和一只脚肿得把另一只显得好像不存在似的。

"我的腿冻坏啦！大爷，帮帮吧！唉唉……！"

有谁还记得冬天？阳光这样暖了！街树蹿着芽！

手风琴在隔道唱起来，这也不是春天的调，只要一看那个瞎人为着拉琴而挪歪的头，就觉得很残忍。瞎人他摸不到春天，他没有。坏了腿的人，他走不到春天，他有腿也等于无腿。

世界上这一些不幸的人，存在着也等于不存在，倒不如赶早把他们消灭掉，免得在春天他们会唱这样难听的歌。

汪林在院心吸着一支烟卷，她又换一套衣裳。那是淡绿色的，和树枝发出的芽一样的颜色。她腋下夹着一封信，看见我们，赶忙把信送进衣袋去。

"大概又是情书吧！"郎华随便说着玩笑话。

她跑进屋去了。香烟的烟缕在门外打了一下旋卷才消灭。

夜，春夜，中央大街充满了音乐的夜。流浪人的音乐，日本舞场的音乐，外国饭店的音乐……七点钟以后，中央大街的中段，在一条横口，那个很响的扩音机哇哇地叫起来，这歌声差不多响彻全街。若站在商店的玻璃窗前，会疑心是从玻璃发着震响。一条完全在风雪里寂寞的大街，今天第一次又号叫起来。

外国人！绅士样的，流氓样的，老婆子，少女们，跑了满街……有的连起人排来封闭住商店的窗子，但这只限于年轻人。也有的同唱机一样唱起来，但这也只限于年轻人。这好像特有的年轻人的集会。他们和姑娘们一道说笑，和姑娘们连起排来走。中国人来混在这些卷发人中间，少得只有七分之一，或八分之一。但是汪林在其中，我们又遇到她。她和另一个也和她同样打扮漂亮的、白脸的女人同走……卷发的人用俄国话说她漂亮。她也用俄国话和他们笑了一阵。

中央大街的南端，人渐渐稀疏了。

墙根，转角，都发现着哀哭，老头子，孩子，母亲们……哀哭着的是永久被人间遗弃的人们！那边，还望得见那边快乐的人群。还听得见那边快乐的声音。

三月，花还没有，人们嗅不到花香。

夜的街，树枝上嫩绿的芽子看不见，是冬天吧？是秋天吧？但快乐的人们，不问四季总是快乐；哀哭的人们，不问四季也总是哀哭！

chūn de shēng yīn

春 的 声 音

沉樱

"等是有家归不得，杜鹃休向身边啼！"

　　但愿没有太多人知道它就是杜鹃，就是子规，

而它叫的就是"不如归去"吧！

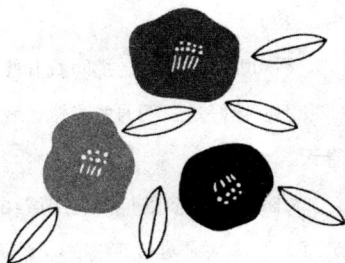

　　如果说花是春的颜色，那么鸟应该是春的声音了。但是幼年生长在枯燥的北方，住的又是城市，就是春天，也过的异常寂寞。所谓春天来了的时候，除了满城风沙，气候干燥之外再没有别的感觉，花草不是随地可见的，鸟声更是完全隔绝。当时在幼稚的心目中，总以为所谓鸟，不过是那"喳喳"的喜鹊，"哑哑"的乌鸦，和终日在院中成群觅食的麻雀罢了。

不知那一次战争，那时我好像八九岁，为了避乱，全家搬到了乡下，恰好是三四月的光景，我这才第一次认识了并且享受了春天。

初次离开了到处拥挤着房屋和街道的城市，到了一望无际的旷野，那愉快是难以形容的。整天奔走在绿油油的田野里，编柳枝采野花之外，还有一桩乐事，便是听"播谷"叫。这鸟的鸣声，无论什么时候听去，总是远远的，仿佛要同人保持一种距离，故意躲在什么地方；却又一声声地清楚地叫着，像是对人说话那么富于亲切活泼的意味。听了它的鸣声而不动心的人，恐怕是没有的。难怪农人听了，觉得它是在提醒着"播谷！播谷！"，而受折磨的儿媳妇听了，说它大声疾呼着"恶姑！恶姑！"，对于小孩子，虽然听不出什么意义，却也觉得趣味无穷；不知是谁把它似通非通地谐作"光棍托锄"，并把这做为它的名字，每逢这鸟一叫，我们便仰望着那声音来的远方，模仿它的调子做一种合唱。我们对唱的开场是听它自报姓名似的先叫一声："光棍托锄！"我们便紧跟问："你在哪里？"刚问完，它又叫第二声，像是回答："我在后山。"又问："你吃什么？""我吃石头。""你喝什么？""我喝香油。"大概小孩子简单的头脑再也想不出别的可问了，便就此为止，只反复地问了一遍又一遍，它也总不厌其烦地照样回答了又回答。这种虚拟的问答，听去总是那么真实，在幼稚的心灵中，便引起了无穷的幻想，觉得当真有个鸟儿是住在山后吃着石头，喝着香油，无事便出来和我们遥相问答似的。它因此成了虽未谋面却通声气的遥远而又亲近的朋友。一听见它叫，便感到无上欢喜，从没有一次不理睬的。就是后来长大成人，在别的地方又听到这鸟声的时候，还是有说不出的亲切感，并且觉得它仍是清清楚楚地在自报姓名地叫着："光棍托锄。"唤回了童年时光，常常不知不觉地在心中问着："你在哪里？"它的叫声也立刻使我得了往昔的一样的回答。

播谷以外，还有一种为我所深爱的鸣鸟，便是鹧鸪。前者可说是儿时的游伴，后者则是成年后才结交的朋友。

一切鸟声似乎都有婉转清脆的共同特点，惟有鹧鸪的叫声是低沉的缓慢的。在我的心中，播谷好像一个活泼快乐的孩子，它叫的时候也仿佛在蹦蹦跳跳的；而鹧鸪则像是一位沉思默想的老人，动也不动地缩在什么地方慢腾腾地自言自语，它也是远远地离开了人，可是它"咕咕咕"地叫起来，就立刻把那繁华蓬勃的春天笼上一片宁静，和平，与悠闲，使人不知不觉流入遐思，同时像对播谷似的悠然神往于飘渺的远方——一座人迹罕到的深山，或一片无边无际的幽林。

抗战中到了四川，住在乡下后，对于鸟的认识增广了不少。但是为了这两种鸟的偏爱，那些枝头的清唱，尽管多么悦耳，总引不起很大的兴趣。

可是后来我又为一种鸟只得心动了。这最初见的时候，觉得有点像播谷，因为它也是一声声地诉说什么似的反复叫着四个音的调子。但仔细听去，便完全两样了，一点没有轻快的意味，相反地竟十分凄厉。一样地有着使人不能不听的魔力，但听起来绝对没有使人像听播谷叫时那样做唱和的闲情，或像听鹧鸪叫时那种深思梦想的余裕。这是越听越觉不安，使人心中增添着难言的烦躁，焦灼，和悲切，直到不能忍受的程度。尤其中夜醒来，往往要被它叫得不能再睡。

这一天到晚叫了又叫的是什么鸟呢？我正纳闷着想问人，一天傍晚，我住在楼下，楼旁又照例聚着饭后出来聊天的人们，都是所谓下江人，各种的方言形成一片嘈杂，使人颇觉烦扰。可是这时候，那鸟声不受影响地仍旧地叫着，一直叫到那些闲谈得非常起劲的人们都注意起来了。忽然一个南京口音的打住了话头茫然地问着："这是什么鸟？"另一个湖南口音的回答说："就是杜鹃啦。"那个问的人没说什么，可是我想，他一定和楼上的我一样地在心中"呵"了一声吧！

这个使人恍然的名字，仿佛是一个暗示，一经点破，从此我听懂了它反复在叫着什么了。一点也不错，是"不如归去！不如归去！"

一天，半夜里忽然响起警报，依仗着住在乡间，我仍然没有躲避，但也不能安睡，起床伏在窗口张望着。不用说，这是一个月夜，那银色的月光像水一样淹没了无边的田野和山林，那么温柔寂静，好像大自然也正在安眠。但警报一再怒吼，击碎了美梦。忽然漫山遍野散布着骚动的人群，匆促地奔窜着，四下里躲藏着，过了一会儿却恢复了看不见一个人影，听不见一点声音的月夜。不过这时已不是温柔的宁静，而是悚然的噤寂。幸而还有田里的蛙，打诨一般阁阁地唱成一片，多少解除了些窒息似的恐怖。但同时也传来无温情的杜鹃的叫唤，趁了一切都在静静躲藏着的当儿，向那些侧听机声的耳朵更起劲地叫着："不如归去！不如归去！"

"等是有家归不得，杜鹃休向身边啼！"虽然是在繁花如锦的蜀国之春，又有谁会忘记了家乡呢？但愿没有太多人知道它就是杜鹃，就是子规，而它叫的就是"不如归去"吧！我当时曾这样默念着。

家乡是归去了，但曾几何时又离开了。现在宝岛上，我又住在乡下，在这四季如春的地方。花木是繁茂的，但常使我觉得奇怪的是鸟声并不太多。看了到处盛开的杜鹃花，我的耳边似乎又响起杜鹃鸟的"不如归去！"的叫唤。是的，什么时候我再归去听听那些"春的声音"呢？

我们的海

wǒ mén de hǎi

沉樱

　　自从有了"我们的海"，总算在案头有了个神游之地，消除了不少寂寞；不过有时也就更显得寂寞。

最近偶然在一本外国杂志上看到了一幅海葵的彩图和说明，仿佛无意中遇见了老相识，一段亲切的记忆就此浮上心来，同时附带着想起那将近忘怀的"我们的海"。

是冷落的日本叶山之冬。一天从海边散步回来，经过街市时遇见了卖金鱼的，通红的鱼配着碧绿的藻，在蓄满的清水的缸内游来游去，和北京所卖的完全相同；不过因为缸的玻璃更加精致，望去也更加可爱。这恍如遇见了乡物，很高兴地买了一缸提回家去。

可是过了不久，鱼便都死光了，只剩下一只空缸。觉得弃之可惜，空在那里又怪没有意思；忽然想去捉点海边的什么小动物来养吧，又去散步的时候，便把空缸布置了一下，铺了一层白净的细沙，缀上几个鲜明的贝壳和形状奇特的小石，又捡了点细致的水藻和着海水放进去。布置完毕，隔着玻璃从横面望去，天光水影中，一片平沙，几点乱石，想不到竟呈现出一幅美丽无比的画——一个具体而微的辽阔的海滨。

这意外的成功实在令人惊喜。想起"沙中见世界"的诗句，就说："这算是我们的海吧。"去捉什么来养的兴致也更高了。

不过这是要慢慢采集的。那天只捕到了两个小小的蟹，放进缸内去的时候，它们像是惊吓，又像是施展诈术，动也不动地缩作一团，可是过了一会，便时而疾走，时而突停地活动起来，并且常把那些小石作为藏身之所来偎傍着，样子依然是惊愕而慌张。它们的行动那么充满了表情，令人尽看不厌；比起金鱼的晃来晃去，实在有意思多了。

以后每天到海边总带着瓶子或杯子，把散步完全变成了采集。有时捉到了新奇的东西，回家还要翻书，查字典，找它们的名称和说明，当作一件大事经营着。这么一来，"我们的海"简直变成大海小动物的收容所。到后来实在容不下了。只好把一些比较平凡的和丑陋的淘汰去。究竟那都是些什么，现在不能一一记起了。不过自己对于海边小动物的一点认识，可说完全是那时候因"我们的海"才有的，并且有几种东西，特别留下了深刻的印象，至今想起来还有几分怀念；尤其是那最有趣的寄生蟹，和最美丽的海葵。

在近水的岩石上，海螺蛳是多到无人理会的。我们的采集也从不曾把它们当作对象。有一天，在寻找别的东西的时候，忽然看见几个小海螺蛳离地急行起来，这和它们平常给人的印象相差太远了，简直大吃一惊。细细看去，原来壳下面有两条细小的蟹腿在走动。于是恍然记起了寄生蟹的名称，而海螺蛳其实不过是被借用的空壳罢了。螺蛳壳下露出来的腿既细又尖，颇像圆规；而被这腿撑起的壳，又酷肖一个小头大腹的身躯。特别因为是两腿而又直立的原故，非常近似人形，而且有着一幅滑稽的神气，像一个漫画中的大腹"尖头鳗"，也像一个笠帽蓑衣的渔翁。当好几个一齐倾斜着急急走动起来的时候，那简直是童话中的一群乱跑的妖巫。在"我们的海"中，特别的东西都不过一两个；只有这寄生蟹是养了一大群。（感觉上仿佛如此，其实也不过六七个罢了。）无事便爱看它们顶着别人的壳，装成那副昂首直立的样子，好像是什么小"大人物"似的动作，和那稍有惊动便缩进壳去冒充别人的伎俩，这常常不知不觉把自己带进一种童话世界的喜悦里去。

一天，对于它们那从不露面的原形，忽然发生了孩子似的好奇心。终于提起一个，用暴力把它钳出壳来。谁知它已无所谓原形，只有着丑极的畸形了；说它是蟹，其实更像虾，身体的后半段为了适应那螺蛳形的环境，已经变成了软绵绵的一条，离开壳后像尾巴似的在摆动着。唯一能说明它是蟹的，只有那占了全身二分之一长的形状分明的大螯；但这也只有一只，还衬得起那大螯外，其余部分分不清是有是无了。看了这只讲求实用和经济的怪样子，简直忍不住要笑起来，把这来说明"委曲求全"，倒是很确切的榜样。

本来那种装模作样已经够滑稽了，这原形的暴露更令人对它失掉敬意。为要知道它离开寄生壳是否还能生活，存心捉弄地把它和壳分开放进水里去。在沙上，没壳照旧能走动，并不像有什么痛苦，只显出无所寄托的为难的样子，行动迟缓了许多。可是不久也便把空壳找到，而且微微后退了一下，立刻便完全缩进不见了。过了一会，又照常伸出腿来，神气十足地到处夺食了。这无害的玩笑，引起了常开的兴趣，以后动不动便去拉它出来，看它的丑样和窘态。在"我们的海"中，它像是给人开心的丑角，一直被宠爱着，直到海葵出现才稍稍减色。

一提起海葵，便想起捉到它时候那种如获珍宝般的欢喜。就是现在，也还觉得它的美艳是没有什么东西可以比拟的。一如它的名字所暗示的，确是十足的像花，而比花还美；因为它有花的艳丽，同时又有着花所没有的光泽。它直立在浅水的沙滩上，颇像一朵仰天盛开的粉红色的小小的向日葵。那圆柱形的体干是娇绿的苔色，发着丝绒光泽，上面是一圈花瓣似的粉红色透明的肉须，中间是由紫色的逐渐变成深黑的茸茸的花心似的嘴。像盛开的花朵在微风中轻颤一般，它盛开在水中也有着漂浮的荡漾，看去是无比的娇柔。可是稍有一点触动，它便出人意料外地现出了动物的敏捷，把四射的肉须齐向中心蜷缩起来，使一朵盛开的花忽然间成了未开的苞；过了一会，才又若无其事重新盛开起来。像对于寄生蟹开玩笑一样，对于它也常常故意逗惹着；只是前者给人的是滑稽感，而后者却是一种美丽威严，注视久了，好像有点可怕。无论如何，"我们的海"自从有了它而非常璀璨起来；一如我们的生活因"我们的海"而增加了色彩。

在异国的乡间，没有朋友，没有熟人，甚至连邻居也没有一个（那些空房子要到夏季才有人住）。日子静得像止水。海边的散步是唯一的消遣；如果被风雨阻止了，便只有望望那些呆板的山林，听听单调的潮声。自从有了"我们的海"，总算在案头有了个神游之地，消除了不少寂寞；不过有时也就更显得寂寞。

醒后的惆怅

石评梅

诗是可以写在纸上的，画是可以绘在纸上的，而梦呢，永远留在我心里。

深夜梦回的枕上，我常闻到一种飘浮的清香，不是冷艳的梅香，不是清馨的兰香，不是金炉里的檀香，更不是野外雨后的草香。不知它来自何处，去至何方。它们伴着皎月游云而来，随着冷风凄雨而来，无可比拟，凄迷辗转之中，认它为一缕愁丝，认它为几束恋感，是这般悲壮而缠绵。世界既这般空寂，何必追求物象的因果。

汝负我命，我还汝债，以是因缘，经百千劫常在生死。汝爱我心，我爱汝色，以是因缘，经百千劫常在缠缚。

——楞严经

寂灭的世界里，无大地山河，无恋爱生死，此身既属臭皮囊，此心又何尝有物，因此我常想毁灭生命，锢禁心灵。至少把过去埋了，埋在那苍茫的海心，埋在那崇峻的山峰；在人间永不波荡，永不飘飞。但是失败了，仅仅这一念之差，铸塑成这般罪恶。

当我在长夜漫漫，转侧呜咽之中，我常幻想着那云烟一般的往事，我感到哽酸，轻轻来吻我的是这腔无处挥洒的血泪。

我不能让生命寂灭，更无力制止她的心波澎湃，想到时总觉对不住母亲，离开她五年把自己摧残到这般枯悴。要写什么呢？生命已消逝的飞掠去了，笔尖逃逸的思绪，何曾是纸上留下的痕迹。母亲！这些话假如你已了解时，我又何必再写呢！只恨这是埋在我心冢里的，在我将要放在玉棺时，把这束心的挥抹请母亲过目。

天辛死以后，我在他尸身前祷告时，一个令我绻恋的梦醒了！我爱梦，我喜欢梦，她是浓雾里阑珊的花枝，她是雪纱轻笼了苹果脸的少女，她如苍海飞溅的浪花，她如归鸿云天里一闪的翅影。因为她既不可捉摸，又不容凝视，那轻渺渺游丝般梦痕，比一切都使人醺醉而迷惘。

诗是可以写在纸上的，画是可以绘在纸上的，而梦呢，永远留在我心里。母亲！假如你正在寂寞时候，我告诉你几个奇异的梦。

梦呓

石评梅

冲突和隔膜在青年和老年人中间，

成了永久的鸿沟。

一

　　我在扰攘的人海中感到
寂寞了。

　　今天在街上遇见一个老乞婆，
我走过她身边时，她流泪哀告着
她的苦状，我施舍了一点。走前
未几步，忽然听见后面有笑声，
那笑声刺耳的可怕！回头看，原
来是刚才那个哭的很哀痛的老乞
婆，和另一个乞婆指点我的背影

笑！她是胜利了，也许笑我的愚傻吧！我心颤栗着，比逢见疯狗还怕！

其实我自己也和老乞婆一样呢！

初次见了我的学生，我比见了我的先生怕百倍，因为我要在她们面前装一个理想的先生，宏博的学者，经验丰富的老人……笑一天时，回来到夜里总是哭！因为我心里难受，难受我的笑！

对同事我比对学生又怕百倍。因为她们看是轻藐的看，笑是讥讽的笑；我只有红着脸低了头，咽着泪笑出来！不然将要骂你骄傲自大……后来慢慢练习成了，应世接物时，自己口袋里有不少的假面具，随时随地可以掉换，结果，有时连自己都不认识自己是谁。

所以少年人热情努力的事，专心致志的工作，在老年人是笑为傻傻的！青年牺牲了生命去和一种相对的人宣战时，胜利了老年人默然！失败了老年人慨着说："小孩子，血气用事，傻极了。"无论怎样正直不阿的人，他经历和年月增多后，你让和一个小孩子比，他自然是不老实不纯真。

冲突和隔膜在青年和老年人中间，成了永久的鸿沟。

世界自然是聪明人多，非常人几乎都是精神病者，和天分有点愚傻的。在现在又时髦又愚傻的自然是革命了，但革命这又是如何傻的事呵！不安分的读书，不安分的作事，偏偏牺牲了时间幸福生命富贵去作那种为了别人将来而抛掷自己眼前的傻事，况且也许会捕捉住坐监牢，白送死呢！因为聪明人多，愚傻人少，所以世界充塞满庸众，凡是一个建设毁灭特别事业的人，在未成功前，聪明人一定以为他是醉汉疯子呢！假使他是狂热燃烧着，把一切思索力都消失了的时候，他的力量是可以惊倒多少人的，也许就杀死人，自然也许被人杀。也许这是愚傻的代价吧！历史上值的令人同情敬慕的几乎都是这类人，而他们的足踪是庸众践踏不着的，这光荣是在血泊中坟墓上建筑着！

唉！我终于和老乞婆一样。我终于是安居在庸众中。我终于是践踏着聪明人的足踪。我笑的很得意，但哭的也哀痛！

二

世界上懦弱的人，我算一个。

大概是一种病症，没有检查过，据我自己不用科学来判定，也许是神经布的太周密了，心弦太纤细了的缘故。这是值的卑视哂笑的，假如忠实的说出来。

小时候家里宰鸡，有一天被我看见了，鸡头倒下来把血流在碗里。那只鸡是生前我见惯的，这次我眼泪汪汪哭了一天，哭的母亲心软了，由着我的意思埋了。这笑谈以后长大了，总是个话柄，人要逗我时，我害羞极了！其实这真值的人讪笑呢！

无论大小事只要触着我，常使我全身震撼！人生本是残杀搏斗之场，死了又生，生了再死，值不得兴什么感慨。假如和自己没有关系。电车轧死人，血肉模糊成了三段，其实也和杀只羊一样，战场上堆尸流血的人们，和些蝼蚁也无差别，值不得动念的。围起来看看热闹，战事停止了去凭吊沙场，都是闲散中的消遣；谁会真的挥泪心碎呢！除了有些傻气的人。

国务院门前打死四十余人，除了些年青学生外，大概老年人和聪明人都未动念，不说些"活该"的话已是表示无言的哀痛了。但是我流在和珍和不相识尸骸棺材前的泪真不少，写到这里自然又惹人笑了！傻的可怜吧？

蔡邕哭董卓，这本是自招其殃！但是我的病症之不堪救药，似乎诸医已束手了。我悒郁的心境，惨愁的像一个晒干的桔子，我又为了悸惊的骟耗心碎了！

我愿世界是永远和爱，人和人，物和物都不要相残杀相践踏，众欺寡，强凌弱；但这些话说出来简直是无知识，有点常识的人是能了悟，人生之所进化和维持都是缘乎此。

长江是血水，黄浦江是血水，战云迷漫的中国，人的生命不如蝼蚁，活如寄，死如归，本无什么可兴顾的。但是懦弱的我，终于瞻望云天，颤荡着我的心祷告！

我忽然想到世界上，自然也有不少傻和懦弱如我的人，假如果真也有些眼泪是这样流，伤感是这样深时，世界也许会有万分之一的平和之梦的曙光照临吧！

这些话是写给小孩子和少年人的，聪明的老人们自然不必看，因为浅薄的太可笑了。

shān zhōng zá gǎn

山中杂感

冰心

只有早晨的深谷中，可以和自然对语。

溶溶的水月，螺头上只有她和我。树影里对面水边，隐隐的听见水声和笑语。我们微微的谈着，恐怕惊醒了这浓睡的世界。——万籁无声，月光下只有深碧的池水，玲珑雪白的衣裳。这也只是无限之生中的一刹那顷！然而无限之生中，哪里容易得这样的一刹那顷！

夕照里，牛羊下山了，小蚁般缘走在青岩上。绿树丛巅的嫩黄叶子，也衬在红墙边。——这时节，万有都笼盖在寂寞里，可曾想到北京城里的新闻纸上，花花绿绿的都载的是什么事？

只有早晨的深谷中，可以和自然对语。计划定了，岩石点头，草花欢笑。造物者呵！我们星驰的前途，路站上，请你再遥遥的安置下几个早晨的深谷！

陡绝的岩上，树根盘结里，只有我俯视一切。——无限的宇宙里，人和物质的山，水，远村，云树，又如何比得起？然而人的思想可以超越到太空里去，它们却永远只在地面上。

自己的房间

苏青

然而，这不是自己的房间呀！拘束，不自由。

长夜漫漫，我直挺挺的躺在床上不敢动弹，头很重，颊上发烧，心里怪烦躁。

现在，我希望有一个自己的房间。

走进自己的房间里，关上房门，我就把旗袍脱去，换上套睡衣睡裤。睡衣裤是条子绒做的，宽大，温暖，柔软，兼而有之。于是我再甩掉高跟鞋，剥下丝袜，让赤脚曳着双红纹皮拖鞋，平平滑滑，怪舒服的。

身体方面舒服之后，心里也就舒服起来了。索性舒服个痛快吧，于是我把窗子也关好，放下窗帘，静悄悄地。房间里光线显得暗了些，但是我的心底却光明，自由自在，无拘无束。

我的房间，也许是狭小得很：一床，一桌，一椅之外，便再也放不下什么了。但是那也没有什么，我可以坐在椅上看书，伏在桌上写文章，和躺在床上胡思乱想。

我的房间，也许是龌龊得很，墙上点点斑斑，黑迹，具虫血迹，以及墙角漏洞流下来的水迹等等，触目皆是。然而那也没有什么，我的眼睛多的正好是幻觉能力，我可以把这堆斑点看做古希腊美术，同时又把另一堆斑点算是夏夜里，满天的繁星。

我的房间的周围，也许并不十分清静：楼上开着无线电，唱京戏，有人跟着哼；楼下孩子哭声，妇人责骂声；而外面弄堂里，喊卖声，呼唤声，争吵声，皮鞋足声，铁轮车推过的声音，各式各样，玻璃隔不住，窗帘遮不住的嘈杂声音，不断传送我的耳膜里来。但是那也没有什么，我只把它们当作田里的群蛙阁阁，帐外的蚊子嗡嗡，事不平已，决不烦躁。有时候高兴起来，还带着几分好奇心侧耳静听，听他们所哼的腔调如何，所写的语句怎样，喊卖什么，呼唤那个，争吵何事，皮鞋足声是否太重，铁轮车推过时有否碾伤地上的水门汀等等，一切都可以供给我幻想的资料。

让我独个子关在自己的房里听着，看着，幻想着吧！全世界的人都不注意我的存在，我便可以自由工作，娱乐，与休息了。

然而，这样下去，我难道不会感到寂寞吗？

当然——

在寂寞的时候，我希望有只小猫伴着我。它是懒惰而贪睡的，不捉鼠，不抓破我的旧书，整天到晚，只是蜷伏在我的脚旁，咕哈咕哈发着鼾声。

于是我赤着的脚从红纹皮拖鞋里没出来，放在它的背上，暖烘烘地。书看得疲倦了，便把它提起来，放在自己的膝上。它的眼皮略睁一下。眼珠是绿的，瞳孔像条线，慢慢的，它又闭上眼皮咕嗜咕啥的睡熟了。

我对它喃喃诉说自己的悲愤；

它的回答是：咕啥咕喀。

我对它喃喃诉说自己的孤寂；

它的回答是：咕哈咕喀。

我对它轻轻叹息着；

咕喀咕喀。

我对它流下泪来。

眼泪落在它的眼皮上，它倏地睁开眼来，眼珠是绿的，瞳孔像条线，慢慢的，它又闭上眼皮咕喀咕哈的睡熟了。

我的心中茫茫然，一些感觉也没有。

我手抚着它的脸孔睡熟了。

于是我做着梦，梦见自己像飞鸟般，翱翔着，在真的善的美的世界。

自己的房间呀！

但是我没有自己的房间。我是寄住在亲戚家里，同亲戚的女儿白天在一起坐，晚上在一起睡。

她是个好絮话的姑娘，整天到晚同我谈电影明星。

"×××很健美吧？"

"唔。"我的心中想着自己的悲愤。

"凸凸凸的歌喉可不错哪！"

"唔。"我的心中想着自己的孤寂。

"你说呀，你到底是欢喜×××呢？还是凸凸凸呢？"

"……"我说不出来，想叹息，又不敢叹息，只得阖上眼皮装睡。

"唉，你睡熟了！"她这才无可奈何地关熄灯，呼呼睡去。

我独自望着一片黑暗，眼泪流了下来。

这时候，我再也不想装睡，只想坐在椅上看书，伏在桌上写文章。

然而，这不是自己的房间呀！拘束，不自由。

长夜漫漫，我直挺挺的躺在床上不敢动弹，头很重，颊上发烧，心里怪烦躁。

莫不是病了吗？病在亲戚家里，可怎么办呢？睡吧！睡吧！睡吧！我只想做片刻自由好梦，然而我所梦见的是，自己仿佛像伤翅的鸟，给关在笼里，痛苦地呻吟着，呻吟着。

zhēn qíng shàn yì hé měi róng

真情善意和美容

苏青

　　我以为争取丈夫的必须的工具有三，即：真情，善意，最后才是美容。

丈夫有外遇时，做妻子的应该怎样？外祖母对我这样说："当年你外公相与了一个唱戏的，我听见后只气得浑身乱抖。可是我一些也不敢露出来，唯恐给人家笑话我吃醋。男人三妻四妾是正经，后来我自己也想明白了，索性劝你外公把她娶进门来，落得让人家也称赞我一声贤慧。男子要变心了可有什么法子？我只好自怨命苦，念经拜佛修修来世罢了。"

这是外婆时代的理论，在我们今日听了当然多不合理。第一，男人三妻四妾怎么会是正经？第二，吃醋乃常情，为什么怕人家笑话？反之，劝夫纳妾，便算贤慧，这种不近人情的道德观念，是要不得的。第三，男子要变心了，是否就没有法子挽回？念佛修来世，是否就可以安慰自己孤寂的心灵？

我的母亲是女子师范毕业生，她不相信念佛，而且坚持非四十无子，不得纳妾。我父亲虽不纳妾，可是玩啦，嫖啦，姘居啦，种种把戏，还是层出不穷。我的母亲气灰了心，索性不去管他，自己上侍公婆，下教儿女，继续尽她贤妻良母的天职。她绝口不提起父亲有外遇的事，父亲自知理亏，当然也不敢向她提起。他们夫妇俩始终相敬如宾。可是，我眼见她一天天消瘦下去了，说话的声音更加柔和，对祖父母更加小心，待我们更加爱护备至。有一次午夜里我忽然醒来，面颊上觉得湿润，睁开眼睛看时，她正偎着我垂泪。我的心中一阵凄惶，莫名其妙的也陪着她哭了起来。她噙着泪向我诉说："自从你爸爸变心以后，我可够受气哩！不过，我却不能像你外婆般贤慧，让那婊子跨进门来，不怕她爬到我的头上去吗？好在我自己有儿有女，就算你爸爸一世不回头，我也能守着你们姊弟过日子。老婆总是老婆，难道他为了姘头，就可以把我撵出大门去不成？"

过了这个兴奋的晚上，她继续又沉默了。第二三天她不时避开我的眼光，仿佛自恨不该把这类话告诉我似的。她对父亲的态度仍旧是尊敬，关切，可是却矜持得很，使人家绝不敢向她开口。

　　于是，父亲便把太太同爱人的界限分开：太太是管家的，养孩子的，对付父母族人并亲戚的；爱人则是游乐的，安慰自己的，仅在朋友中间露露面的。他可以双方兼爱，对爱人是普通的异性爱，对太太则近乎兄妹之爱，朋友之爱，非常自然，却又不带性的热烈。

　　此类变通办法，在新女子可万难容忍。第一，她们认为夫妇间的爱情，须专一而永久。第二，她们认为养孩子这事，乃太没出息而辜负所学，在夫妇相爱时已不屑为之，一旦夫有外遇，她们更不肯独自负起这个十字架来了。第三，她们大多数认为丈夫变心以后，自己唯一的安慰便是另找爱人或努力事业。

　　我的大姊听见她自由恋爱成功的丈夫也有外遇时，忍不住暴跳如雷："他敢这样没人格，哼，我可不像外婆同母亲般好欺侮！明天我把他一枪打死，拼着自己给他偿命，看他还敢玩弄女性不？"说着，也不待明天买手枪，先自怒冲冲的跑去向他理论。他的理论是崭新的，他说爱情出乎自然。大姊就此失恋回来，立刻自动改变主张："哼，谁同你讲爱情不爱情，像你这种男人，又有什么了不得的价值？同你拼命也犯不着，你不爱我，我便没人爱吗？这样一来，大家索性离了婚倒好，我就是一辈子不嫁人，也还可以努力事业呀！但是孩子，带着孩子做起事来多不方便……"

结果孩子都交给男方的父母抚养，大姊同姊夫便离婚了。离婚后大姊为找寻刺激，交结了一大批漂亮的男朋友。但她仍不时感到孤寂，不断的想念她的孩子们。她或许也有些想念前夫吧，虽然并没有对我说过，可是我见她不久以后，无缘无故的把所有男朋友都绝交了，声称自己将永抱独身主义，毕生从事于教育事业。她的教育事业便是做个义务小学的级任教师，孩子们又脏，又顽皮。而且同事间也有意见，人家背地里骂她活孤孀，黑旋风脾气。她气伤了心，不到半年便灰心教育了，同时听见她前夫也与外遇闹翻，因此很有破镜重圆之意。

　　她为什么不早争取呢？丈夫有外遇时，做妻子的应该争取。

　　《聊斋志异》里有个故事，说恒娘见邻家太太美而不得宠于其夫（当时她丈夫正爱上一个姿色平常的婢女）；知道症结所在，遂自告奋勇的去做她的参谋，定要帮她争回丈夫来。她告诉那位太太道："子虽美，不媚也；一媚可夺西子之宠，况下人乎？"于是那位太太便天天对镜练习表情，学成了整套的狐媚子本领。这项训练完毕以后，恒娘又教给她一个欲擒故纵的法子：先是停止吵闹，竭力装出大方的样子，让丈夫与妾尽情欢娱。一方面自己却卸尽装饰，蓬头散发的躬操井臼，使丈夫相信她的贤慧。及至时机成熟了，在某一个晚上恒娘便帮她打扮停当，婷婷袅袅的走出来劝丈夫饮酒。那时她丈夫同婢女也玩得厌了，心惊其美，酒后便重演求爱喜剧，觉得如调新妇，恒娘大功于兹告成。

　　恒娘政策得失如何，姑置不论，但其积极的争取精神，却先令人可佩。因为结婚之目的乃正在于保障儿女，不在于保障爱情。

爱情是不能够靠结婚来保障的，它的本身是性的本能与美的幻想的混合物，要使它持久而且专一最不容易。反之，结婚往往促成爱情的崩溃，因为结婚之后，油盐柴米等家务在在都是破坏美的幻想，而性本能也因容易满足而失却吸引力了，因此有人说结婚便是恋爱的坟墓。然而，它却是父母生活的开始，那是千真万确的：一个孩子从受孕而至于诞生，由哺乳，抱持而至于长成，不知要化费做母亲的多少精力，多少时日。要是没有一个做父亲的在物质上帮助她，在精神上鼓励她，同她共负养育的责任，真不知有多少儿童将遭夭折，甚至于根本不能诞生。所以我认为一夫一妻制的婚姻实予儿童以莫大保障，在儿童公育或其他更好办法未实行之前，此种婚姻制度大有维护之必要，女人爱孩子之心普通总是超过男子，因此对于一夫一妻制的维护，更应全力以赴才好。丈夫若是有了外遇，做太太的为保障儿童的幸福起见，争取乃是唯一的合理的办法。

然而争取丈夫可决不是件容易的事。像恒娘般方法，似乎太偏重于性的诱惑方面，如此说来则太太简直应该与妓女受同等训练。一个女人也自有其工作，责任与爱好，怎可以整天到晚的对着镜子作美容研究？况且就爱美也须身心兼顾，古人所谓"窈窕淑女，君子好逑"，若一味讲究涂脂抹粉，就有变成登徒子玩物的危险。即使在争夺之间，暂时非用此手段不可，则自后也应逆取顺守，规夫人正道，不然男人的好色是无限度的，以马上得天下者，安能在马上守之？

我觉得世人都有这种偏执观念，以为一个做丈夫的会有外遇，一定是喜欢妖媚，一定是甘心下流，因此做太太的欲图挽回，也必须从此着手。那也并不尽然。从前苏若兰遭丈夫遗弃，曾做过几首很好的回文诗去感动他，连武后对之也颇为心折。由此可见得争取丈夫实在并不专靠献媚，一味想以献媚手段来挽回丈夫的女人，不是看轻了丈夫，便是看轻了她自己。

　　我以为争取丈夫的必须的工具有三，即：真情，善意，最后才是美容。

第十一等人

苏青

幸福乃满足自身需要之谓，不是削足适履，把人家所适用的东西硬来满足自己不尽同的需要。假如你这样做，那只能显出你的嫉妒，浅薄，与可怜，距成功之域尚远。

《左传》有一段话，把人类
分成十个等级，说："天有十日，
人有十等。下所以事上，上所以
共神也。故王臣公，公臣大夫，
大夫臣士，士臣皂，皂臣舆，舆
臣隶，隶臣僚，僚臣仆，仆臣台。"
鲁迅先生见"台"没有臣，未免
太苦了，便安慰他说无须担心的，
有比他更卑的妻，更弱的子在。
但其子不过弱而已矣，长大了便

强，便可升而为"台"，而妻的卑却是命中注定，永无翻身之日，永远是个第十一等人。

做第十一等人当然是痛苦极了，她们唯一的希望，便是赶快讨个媳妇。讨个媳妇进来虽不能使自己跃高一等，上而至于与第十等男子并肩称"台"，但下面总算添了一级。假如说那个新进来的媳妇的等级是第十一等 B 级吧，那么她自己便是第十一等 A 级了，心中安慰得多。当然这升级的希望完全靠在生儿子身上，没有儿子便没有媳妇。别说在第十一等中分不出 A 级 B 级来，恐怕犯了七出之一，连最低等的身分也保不牢了，岂不哀哉！

不过这哀哉乃是后人的话，当时的女人是决不会想到蹴等进这类事情上去的。就是有几个会想的人，她们也不敢想。不敢思想男人所不许她们想的东西，不敢不思想男人所要她们想的东西，时时，处处，个个都顾着丈夫的性儿行事，都便是所谓妇德！别说男人叫她们做第十一等人，她们当然是"以顺为证"；就是男人叫她们把"人"的资格取消了，她们也一定"无违失子"的。直到近世自由平等的思想发达以后，男人间十个等级也不存在了——在名义上总是不存在了——这才产生了一位娜拉。

娜拉的出现曾予千万女人以无限的兴奋，从此她们便有了新理想，一种不甘自卑的念头。她们知道自己是人，与男子一样的人，过去所以被迫处于十等男子之下者，乃是因为经济不能独立之故。于是，勇敢的娜拉们开始在大都市中寻找职业。结果是：

有些找不到，

有些做不稳，

有些堕落了！

成功的当然也有，但是只在少数。而且在这些少数的成功者当中，尚有一个普通现象，便是她们在职业上成功以后，对于婚姻同养育儿女方面却失败了。于是许多人都劝娜拉们还是回到家里去吧，娜拉们自己也觉没味，很想回到家里来了。

但是家里的情形又变成怎样了呢？

大部分丈夫是早已不把妻子当作第十一等人看待了，相反地，他把她认作全智全能的上帝。他要求她：第一，有新学问兼有旧道德（此地所谓旧道德，当然是指妇德之类而言）。那比起从前做第十一等人时只讲"女子无才便是德"的要难得多了。第二，能管内又能对外。管内便是洗衣做菜抱孩子，对外便是赴宴拜客交际跳舞。从前女人虽也有坐八人大轿上衙门，拜宪姨太太做干娘等事，但总不及现代女人所受的应酬罪之多。而且男人都是要体面的，太太在家里操作虽如江北老妈子，到了外面却非像个公使夫人不可。第三，合则留不合则去。从前男子虽把女人当作他的奴隶牛马，但总还肯豢养她，教导她，要她们生儿子传种接代，与自己同居到老死。而现在的男子呢？他们却是又要马儿好，又要马儿不吃草。一旦马儿老了，或者马儿尚未衰老而自己却已骑厌了，便想把它立刻一脚踢开，另外换匹新的来骑。踢开一个妻子，横竖也不过是几千元赡养费的事，夫妻之间最难法律解决，难道司法警察可以把自己硬押进房不成？

于是乎女人苦矣！女人难矣！女人虽从第十一等人一跃而与男子平等，但其生活却更苦更难了。

然而怎么办呢？

有些人说：其实女人还是不解放的好，就算做个第十一等人吧，总还是有人可做，有儿女可养，而且生活也稳定。这是复古派的议论。

他们看到女人现在的环境恶劣，正是想做奴隶而不得时代，以为她们一定是希望回到从前做第十一等人的时代去了，那可是他们的观察错误，我敢说天下决无此事。这好比一个缠足放大了的人，虽然大足须日行百里，走得脚底也起泡了，可是叫她们仍旧裹起足来不再走，她们会愿意吗？不！她们是宁愿苦苦练习跑路，不愿再裹小脚。更何况现在男人的思想也变了，他们对于妻子的希望是妇德（还是指第十一等人的奴隶的道德而言）多带，妇食自备，那就是说女人即使再裹小脚也得跑路了，那更是干脆的断了她们复古的念头。

放在女人面前的只有一条道路，便是向上！向上！向上！

但向上向上究竟要上到何等程度，也颇有讨论价值。许多人都说女子解放之目的乃在于求男女平等，诚如其言，则女人的欲望未免太小，要求也未免太低了。因为照目前的情况而论，大部分男人实在也并不幸福，也有想做奴隶而不得的现象，连最低生活都没有保障，不知道女人又羡慕他们些什么，若说女人要求平等，不是要求与现代男子平等受苦，乃是要求与将来理想社会中的男子平等享乐，则届时女人也自有其特殊要享受的快乐可要求，难道除了与男子平等以外，便无其他更高的希望？不问这东西——平等——是否定为自己所需要，只因它以前曾为他人所舍与，逐一意求之，这是斗气式的行为。

我以为宇宙间一切事物决没有真平；水面是平的，但是河底却深浅不等。而且平了又有什么好处？人不猎兽，则人失猎得之乐，兽失逃生之乐；或者说：人无空劳往返之忧，兽无误落陷阱之忧。如此一来，人兽平等是平等了，其奈大家无忧无乐，统统活得不起劲何？人与人也是如此。像过去般男女不平等的时候，男人快乐，女人不快乐。现在男女名平等而实仍未平，故女人争取，男人舍与，其实都是毫无意义。我相信将来男女真的平等了，男女双方都不会快乐，虽然他们及她们的斗争行为总算告个段落。

女人生孩子，男人不生孩子，这是男女顶不平等的地方；女人还是要求与男子平等，大家都不生孩子呢？还是希望在生孩子的时候能够多得到些较男子更好的待遇呢？

我敢说一个女子需要选举权，罢免权的程度，决不会比她需要月经期内的休息权更切；一个女人喜欢美术音乐的程度，也决不会比她喜欢孩子的笑容声音更深……我并不是说女子一世便只好做生理的奴隶，我是希望她们能够先满足自己合理的迫切的生理需要以后，再来享受其他所谓与男人平等的权利吧！

凡男人所有的并不都是好的；凡男人所能享受的，女人也并不一定感到受用，这个观念须弄得清楚。幸福乃满足自身需要之谓，不是削足适履，把人家所适用的东西硬来满足自己不尽同的需要。假如你这样做，那只能显出你的嫉妒，浅薄，与可怜，距成功之域尚远。

做惯了第十一等人的女人呀！你们现在好像上电梯（其实上去还是由楼梯拾级而登的好），升高得太快了，须提防头昏眼花栽筋斗呀！尤其是在目的地到了，电梯停住的刹那，你们千万要依照牛顿的运动定律做——那是真理！

阴　晴

张充和

哭笑由你，要晴明罢了。

一个性格晴朗的人，他绝不喜欢阴霾的天气。天气会使人心境转变。不过月亮会使愁人更愁，却不会叫快乐者转自生愁，除去乐极时悲从中来，这又不是平常人都一样。说"阴晴"却不许说这么远。

你若是常在一切人们脸上找出阴晴来，倘若会看出他或她阳光满面，有彩霞，有华丽的碧天，年轻人如果他的脸色是晴明的，则朝气勃勃，如初升的太阳在向你微笑，你对他在想什么？或者你对这晴明有什么高兴处吧？或者你在想这初升的太阳，应该有一片海洋来托住它！于是你便想你来赞美这阳光与碧海，究竟还是你一个想头。再有"夕阳无限好，只是近黄昏"。这是老年人脸上的晴天。你能说夕阳好，一近黄昏便不好么？黄昏更好，即使由黄昏再变为黑夜，只要晴天，总叫人高兴。我不懂那种阴霾的面孔，是如何生长的，老年人，中年人，少年人都不该有阴沉的气色，人在阳光中生长的，难道还不如一根豆芽菜？它受着黑暗与冷水的养育，尚且长成白白嫩嫩的。

旧小说中写起打仗来总是"黄沙漫天，阴云满布"，阴天是多少含一点杀气。如果这世界上的人，全是晴明的脸，晴明的性格，把一切事物也看得晴明，觉得这世界应该让光辉来处理一切，不应该把阴霾的影子笼罩在任何人的心头，爱说的话说出，爱做的事只要在太阳下无愧于心的直管做出，因此所做的事也晴明了。不许再有舞文弄墨地写"阴云满布，黄沙漫天"。让晴明来感化战争，让整个人类的灵魂都是有太阳的辉彩。

我常要对着太阳唱一首歌，这歌又叫不出名字，音乐对我非常生疏，但对着太阳唱歌不一定有音乐家的学术，却似乎有音乐家的怀抱。我是那样莫名其妙地唱出最晴明的歌来，歌声溶化于"光"的线条上，溶化于"热"的度数上，溶化于"爱"的织锦上。于是爱笑就痛快地笑，爱哭就痛快地哭，反正别为着阴天，把心情弄得非常阴湿后再哭再笑。哭笑由你，要晴明罢了。

山水要晴明，芦花要晴明。树上的鸟，塘里的鱼，它们若见了天色阴沉下来，也跟着发起愁来了。

我若有家，愿家里有一些阳光，我若有我自己，我愿我有，至少要有个亮晶晶的灵魂，以我这透明体的灵来接受阳光。